LAS CEREZAS DEL CEMENTERIO

GABRIEL MIRÓ

A Clemencia Miró

Desde el primer puente del buque contemplaba Félix la lenta ascensión de la luna, luna enorme, ancha y encendida como el llameante ruedo de un horno. Y miraba con tan devoto recogimiento, que todo lo sentía en un santo remanso de silencio, todo quietecito y maravillado mientras emergía y se alzaba la roja luna. Y cuando ya estuvo alta, dorada, sola en el azul, y en las aguas temblaba gozosamente limpio, nuevo, el oro de su lumbre, aspiró Félix fragancia de mujer en la inmensidad, y luego le distrajo un fino rebullicio de risas. Volvióse, y sus ojos recibieron la mirada de dos gentiles viajeras cuyos tules blancos, levísimos, aleteaban sobre el pálido cielo.

Se saludaron, y pronto mantuvieron muy gustoso coloquio, porque la llaneza de Félix rechazaba el enfado o cortedad que suele haber en toda primera plática de gente desconocida. Cuando se dijeron que iban al mismo punto, Almina, y que en esta misma ciudad moraban, admiróse de no conocerlas, siendo ellas damas de tan grande opulencia y distinción. Es verdad que él era hombre distraído, retirado de cortesanías y toda vida comunicativa y elegante.

-Tampoco nosotras -le repuso la que parecía más autorizada por edad, siendo entrambas de peregrina hermosura- sabemos de visitas ni de paseos. Yo nunca salgo, y mi hija sólo algunas veces con su padre.

Y entonces nombró a su esposo: Lambeth, un naviero inglés, hombre rico, enjuto de palabra y de carne, rasurado y altísimo.

Félix lo recordó fácilmente.

Ya tarde, después de la comida, hicieron los tres un apartado grupo; y se asomaron a la noche para verse caminar sobre las aguas de la luna. La noche era inmensa, clara, de paz santísima, de inocencia de creación reciente...

-¡Da lástima tener que encerrarnos! -dijo la esposa del naviero.

-¡No nos acostemos! -le pidió Félix; y su voz temblando de gozo, parecía empañada de tristeza.

Ellas le vieron inmóvil, escultórico, lleno de luna. Y la señora, sonriéndole como a un hijo, murmuró:

-¡Cuán impresionable es usted!... ¿Félix? Se llama usted Félix, ¿verdad? ¡Deben de emocionarle mucho los viajes!

-¡Oh, sí! Soy muy nervioso. Siempre creo que va a sucederme algo grande y... no me sucede nada; siempre estoy contento, y contento y todo... yo no sé qué tengo que siento el latido de mi corazón en toda mi carne, y... lloraría.

-¡Pero, hombre! -dijo a su espalda una voz muy recia, seguida de un trueno de risas.

Y otra delgada voz añadió:

-Estará enfermo, porque si no, ni yo ni nadie entendería eso del latido que dice.

Eran esas palabras del capitán del barco y de un pasajero ancho, que traía la gorra torcida, un gabán muy ceñido y en la diestra los guantes y un cañón de periódicos.

-¡Pero, hombre! -repitió el marino-. ¡A usted le falta estar a mi lado algún tiempo!... ¿Qué le parece, señor Ripoll?

Y se fueron apartando.

El jefe del buque era ya conocido y aun algo amigo de Félix, desde otros viajes que éste hiciera de retorno a Barcelona, donde seguía los estudios de ingeniero. Y el señor Ripoll... Le preguntaron a Félix sus amigos quién era el señor Ripoll.

-Pues un político de Almina, un diputado lugareño... ¡Y yo que iba a decir, cuando se acercaron, que viajar, pensar que viajo, es para mí de emoción, de grandeza, de felicidad, de ser muy poderoso!... Y esta noche, por serme ustedes desconocidas y viéndolas entre ese bello misterio de velos y de luna, me traen la ilusión de la distancia, de lo remoto: se me figura que vamos muy lejos, muy lejos, sin acordarme de que llegaremos pasado mañana a nuestro pueblo, ni de que aquí cerca está paseando el señor Ripoll.

Despúes se despidieron las bellas viajeras.

-¿Se marchan ustedes? ¿Serán capaces de acostarse como cualquier diputado provincial de Almina?

-Nosotras y usted también, Félix. Toque sus cabellos. Empapados de humedad, ¿no es eso¿... De modo que a retirarnos: a su litera, muy callandito, delante de nosotras...

De estos donosos mandados de la señora reía y protestaba la hija.

Y Félix resignóse como un rapaz castigado. La obedeció. Y sí que se acostaron, y durmieron muy ricamente.

Abrióse la mañana con la gracia y lozanía de una flor inmensa. El barco se había acercado a la costa, cándida de humos de nieblas y de hogares, y rubia del sol reciente y bueno...

Félix y sus amigas se contemplaron con más detenimiento que en la pasada noche, y sintiéronse íntimos, gozosos, comunicados de una gloriosa llama de alegría, de la beatitud de la hermosura del cielo y del mar.

Princesas de conseja le parecieron al estudiante las dos mujeres. Vestían de blanco, y bajo sus floridos sombreros de paja, color de miel, desbordaban las cabelleras, apretadas, doradas, ondulantes como los sembrados maduros. Félix era alto, pálido, y más rubio que ellas; llevaba una azulada boina, y por corbata un pañuelo de seda blanca, ceñido con graciosa lazada de artista o de niño.

Hablaron de ellos mismos, de sus casas. La señora miraba a Félix con curiosidad y enternecimiento. Le dijo su nombre; Beatriz, y el de su hija: Julia.

El de la madre dio a Félix sabor y perfume de mujer patricia y romántica. Parecíale llena de gracia y de misterio, y su palabra más dulce, cálida y sabrosa que los panales recién cortados. No le rindió la usada galantería de que la hubiese creído hermana de Julia, sino que las supuso lo que realmente eran, y que Naturaleza había dado que una maravillosa juventud crease otra melliza, como dos flores de un mismo rosal que, abriéndose en tarde distinta, tienen después la misma fragancia y hermosura.

Beatriz le advirtió con suave ironía:

-¡Ay, no siga, que por allí vienen el señor Ripoll y su amigo el capitán!

Pasaron mucho tiempo distraídos contemplando los faros que aparecían subidos a los abruptos peñascales de los cabos como columnas de cuajadas espumas, y algunas surgían de la llanura de la costa humilde, mirándose sosegadamente en las aguas.

Félix, tendiendo su brazo, exclamó:

-Ahora me impresionan esas torres blancas y solitarias lo mismo que me emocionó ayer este barco, mirado desde el muelle. Me parecía nave sagrada, y en sus costados, hechos para mis ojos de aquel santo y resplandeciente metal de Corinto de que nos hablan las Escrituras, veía yo copiarse el misterio y rareza de las gentes, de las tierras y de los bosques, cuyos mares habrá hendido con la negra ala de su proa... Pues ahora es la paz de los faros lo que me ilusiona y atrae, los faros, que son pedazos de humanidad desamparada dentro del silencio de los cielos y de las aguas... ¡Miren aquel cabo vaporoso, blanco, suave como una ola que se hubiera muerto sin deshacerse, o una nube dormida encima del mar! ¡Y allá, en la tierra, aquella montaña que se levanta desde lo hondo del mundo para coronarse de azul y de sol... y para mirarnos!...

-¡Hombre, por Dios!... ¿Para mirarnos, dice? -le interrumpió el diputado rural.

Félix siguió ardientemente:

-¡Yo siempre codicio estar donde no estoy! ¡Verdaderamente es dichoso el Señor estando en todas partes!... Pero cuando llego al sitio apetecido, no hallo toda la hermosura deseada, y es que lo que antes miraba lo dejo, lo pierdo acercándome. Esa misma sierra, delgada, purísima, cristalina a lo lejos, si caminásemos y fuésemos a su cumbre acaso nos desilusionase mostrándose distinta.

-¡Es muy natural! -dijo el señor Ripoll.

-¡Pero es una lástima!... Estar en todas partes, ya no sé si será tan deleitoso como antes imaginaba.

Beatriz y Julia se miraban oyéndole y le miraban conmovidas de su exaltación.

Sentía Félix que los ojos de la señora le atraían sin tentaciones de impurezas y le acercaban infantilmente a ella, y a su hija, encendiéndole el alegre prurito de decirles todas sus emociones y de fundirlas con las suyas y penetrar en el claustro de sus almas.

De pronto un pedazo de mar centelleó como cuajado de infinitos puñales de sol, como una malla de oro trémula y ondulante. Y cerca, pareció que resplandecían unos alfanjes enormes y siniestros. Explicó el capitán que aquella red magnífica, dorada y viva, la hacían las agujas, espesadas y huyendo de los atunes que eran esos peces que asomaban sus corvas espaldas.

Félix, indignado, le dijo a doña Beatriz:

—¿No odia usted esos animales tan gordos, tan voraces, tan feroces?

Le repuso el marino que más feroces eran los hombres, pues aprovechándose de la ciega hambre del atún lo matan clavándole garfios cuando está para engullirse aquellos finísimos peces, y más voraces todos nosotros, que luego nos comemos los atunes siendo tan crasos, y los comemos descansadamente.

Y todavía añadió el señor de Ripoll que sin la furia de los pobres atunes, tan aborrecidos de Félix, no habrían saltado las agujas sobre el mar.

Más que de los atunes, maravillóse Félix de la clara lógica del diputado. ¡Ya casi ingeniero, y confesó que no había atinado a decirse esas verdades!

Todo el barco sosegaba. Félix y doña Beatriz contemplaban la noche.

Lejos, las aguas se iban llenando de luna de color vieja y muy triste.

Se asomaron sobre la hélice que despedazaba al mar, dejándole un hondo rugido de espumas que parecían hechas de luciérnagas.

Félix se estremeció, y Beatriz quitóse su precioso chal para abrigarle.

—No, no; ¡si no es frío!... ¡Qué impresión tuve al recibir la caricia de sus sedas! ¡Creí que era usted misma, transfigurada en niebla de la noche!

—¡Temblaba usted de frío!

—De frío, no. Temblé porque sin apurarme con tristezas y melancolías de poeta, que no soy, se me mezclan muy raros pensamientos. En cada faceta de luz de las aguas miraba o se me parecía un rostro, una cabeza de mujer ahogada... No habrá sucedido aquí algún naufragio, ¿verdad? ¡Se imagina, ve usted los náufragos tendidos entre el mar, mirándonos con ojos devorados, mirándonos!

Ellos, Félix y Beatriz, fueron los que se miraron ahincadamente. Después, al separarse para bajar a su cámara, donde Julia ya estaba recogida, balbució:

—¡Es usted lo mismo que cuando era pequeño!

—¡Lo mismo! Pero ¿acaso me conoce usted?

—¡Mucho, Félix, mucho!... ¡Y también usted a mí!

Apagábase la luna. El horizonte de la tierra perdíase en negrura de abismo, y dentro temblaba, asustada, la lumbre de un faro.

Solo quedó Félix, entregado a sus recuerdos y diciéndose torpe, sandio, hasta oír pronunciada su palabra injuriosa como cuenta el señor de Montaigne que le ocurría llamarse.

Y es que sentía en los profundos de su ánima la levadura del recuerdo de la silueta y de la voz de doña Beatriz, que le eran amigas a su corazón, y no lograba llegar al claro origen de este sentimiento. Nada más descubría que el atraerse ahora de modo tan efusivo y repentino, sin tropezar en violencia ni sorpresa, vendría de la escondida virtud de esa amistad de antaño.

Y queriendo excavar en su pasado se les desvanecía la imagen de la gentil señora y hasta de él mismo entre la azulosa y confusa de su ciudad de entonces, y de huertos, de un trozo de cielo por donde pasaba muy despacio, muy despacio, una línea de aves errantes que se llamaban grullas, según le dijera tío Guillermo; y vea esfumadamente los aposentos de su casa, sus padres, tía Dulce Nombre, criados viejos, amiguitos muertos; tío Guillermo, su padrino... Tío Guillermo destacaba, resplandecía sobre todas sus memorias. Pero ¿cuándo, en qué instante debía de aparecer Beatriz?

Retiróse a su litera. Llegaba, desde muy hondo, la fragosa palpitación de las entrañas del buque. La escuchó Félix medrosamente, porque le llevó a seguir, a espiar el recio latido de sus sienes, de su oído, de su costado. No lograba dormirse. Se puso la mano encima del corazón, ¿Estaría de veras muy enfermo, como había temido en Barcelona y le contaban que lo estuvo siendo muchacho¿... ¡Señor! ¿Se moriría y lo echarían al mar, y sus ojos huecos, llenos de luna, en estas noches de tristeza romántica, seguirían el espectro de los barcos felices, donde viajaban beldades como doña Beatriz y Julia¿... ¿Qué pensaba, qué deliraba? Se burló de sí mismo, y quiso aquietarse y reposar; y su infantil angustia degeneró en un sentimiento compasivo. ¡Aunque muriese, no lo sepultarían en las olas, porque Almina estaba ya cerca! ¡Almina, doloroso término de tan peregrino vivir, que hasta le hiciera olvidar de las ternuras del hogar! Todavía llevaba la carta de su padre, que, sabedor de los

asomos y temores de un antiguo mal cardíaco, le pedía que abandonase la preparación de su último curso de estudios, que todo lo dejase y volviese. Y la amorosa mano terminaba su escrito trazando los cuidados y agasajos familiares y el sosiego campesino en La Olmeda, viejo, grande y rico solar de los Valdivias.

Penetraba ya el alba por la redonda lucera de la cámara, a punto que Félix iba adormeciéndose.

Luego comenzaron a difundirse voces de mujeres, y el llanto y alborozo de hijos de los pasajeros humildes. En el saloncito de lectura, que estaba paredaño del camarote de Félix, sonaban cristalinas las risas de las elegantes.

Félix despertó; se irguió rápidamente. ¿Se habrá levantado doña Beatriz?

Bañóse la cabeza, compuso su traje y salió. Un mozo del comedor le dijo que la familia del naviero inglés había subido al puente, y que allí avisaron que les sirvieran el desayuno.

Beatriz y Julia departían con otras señoras, rodeadas del capitán y oficiales del barco.

Acercóse Félix a sus amigas; las vio con los mismos vestidos, los mismos sombreros y tules que la tarde de su llegada a bordo. Y este atavío, y la visión de las torres y de los árboles de Almina, que ya empezaba a prorrumpir de la cercana costa, anticiparon a su alma la sensación de la despedida.

Bien imaginaba que en Almina era posible verse, y aun comunicarse con más frecuencia y espacio que en el buque; pero temía Félix que en Almina perdiese esta amistad el delicado hechizo que ahora la sublimaba y quedase menuda, plebeya, con el hastío y pobres malicias que suele haber en el seguido trato de buenos lugareños.

... El barco rasgó en silencio las aguas verdes y dormidas de la dársena, en cuya paz se posaban y bullían las gaviotas, como hacen los palomos en los ejidos. Se alzó una de aquellas aves, grande, vieja, que recibió en sus alas el primer oro del sol; pasó gritando fieramente sobre la mirada de Félix, y perdióse en las magnas soledades del cielo y del mar.

Y Félix la envidió.

Su herida, siempre abierta, de ansias de quimeras y aventuras, tuvo pronto dulce mitigación viendo a su padre, que le saludaba enternecido y jubiloso desde la orilla del muelle.

Apenas estuvo atado y quieto el barco, subió el anciano caballero don Lázaro Valdivia, que abrazó y contempló a su hijo muy amorosamente. El cual quiso que conociera a sus amigas. Y don Lázaro, varón sencillo y reposado, las saludó con desabrida ceremonia.

Admirado y pesaroso quedó Félix de tan singular acogimiento. De nuevo se propuso acercarlos hablando a Beatriz de modo cordialísimo, para así manifestar a su padre su deseo de amistad. Creía que por serle desconocidas y por el continente altivo y fastuoso de Beatriz y Julia, había usado don Lázaro de tan secas palabras.

Dehizo el padre todos los propósitos de su hijo, llevándoselo del brazo luego de otro saludo breve y frío.

-Tu madre y tu tía están padeciendo por tenerte a su lado. Aquí viene Román, que cuidará de tu equipaje, y nosotros podemos adelantarnos.

-Pero ¿y esas señoras? ¡Yo he de despedirme de ellas!

-¡Ya lo hiciste! ¡Ahora quieres entretenerte! Tu madre subió a la azotea para anticiparse con los ojos tu llegada... ¡Tía Dulce Nombre lloraba de contenta!

Y el señor Valdivia, mesurado hasta en su paso, hablaba y caminaba apresuradamente. Al bajar la escala volvióse Félix. ¿Le miraría doña Beatriz?

En las manos de Julia aleteaba un pañolito blanco como un pichón. Beatriz habló allegándose mucho a su hija; y las dos se apartaron, perdiéndose en un espeso grupo dominado por la delgada y altísima figura de Lambeth, recién venido en un ligero esquife de caoba.

... En casa, durante la familiar comida, contó Félix de sus compañeras de viaje, y las alabó ardientemente, ganoso de que prendiera su entusiasmo en sus padres y tía Dulce Nombre.

Las mujeres le escuchaban suspirando, y don Lázaro distrajo la plática.

Este primer día de reposo hogareño parecióle de demasiada lentitud; y, al confesárselo, se reconvenía y exaltaba por su sequedad de corazón. ¡Si es que sólo gustaba de hablar y saber de doña Beatriz y Julia; estaba hechizado, estaba poseído de la fragancia de sus palabras y de toda su hermosura!

A la siguiente mañana buscó la casa de sus amigas. Pasó trémulo de gozo y de timidez. Una doncella extranjera le hizo aguardar en una sala clara, vasta, de sencillo ornato.

Después salió Beatriz y, tendiéndole su mano, dijo:

-¡No le esperaba!

-¿Qué no me esperaba? ¡Si yo hubiese venido apenas nos separamos!

Ella sonrió. Le habló de la ciudad. Parecía distraída.

Y él no pudo domeñar su altivez, y levantóse nervioso, arrebatado de despecho.

-¡Pero ¿qué tiene, qué tiene usted, Félix?

-¡Que no es usted como en el mar! ¡Y me da rabia y lástima! ¡Y me voy!

Estremecióse doña Beatriz, inclinó la mirada y dijo dulcemente:

-¡Es tan violento, tan inquieto, tan criatura como su tío Guillermo!

-¿Como mi tío Guillermo? ¿Es que también le conoció usted?

Entonces la bella señora recordó que tío Guillermo fue amigo predilecto de la casa. Muchas tardes traía un niño que jugaba y alborotaba en el huerto con Julita, y este niño era él: Félix.

-¡Sí, sí...! ¡El huerto de la "madrina". ¿Usted, usted... la madrina?

... Desde esa tarde ya no sufrió rigores de antesala. Sumergióse en el delicioso regazo del cariño de doña Beatriz. Merendaba y retozaba en el huerto con su amiguita de antaño. Y la madre le cuidaba y regalaba, como si todavía fuese aquel rubio rapaz que tío Guillermo llevaba de la mano.

Nada confesó a sus padres, barruntando la enemiga de entrambas familias. Padecía por averiguar la razón de ella, y gustaba de abandonarse a su secreto, cuyas nieblas y las del apartamiento de la vida de Beatriz y Julia, no dejaban que su amistad se empobreciese y degenerase en la que suelen tenerse los sosegados y maldicientes vecinos de un mismo lugar provinciano.

Rendido, Félix dejó hincado el azadón en la tierra. Tenía el cuello y los brazos húmedos y desnudos, y la cabeza nevada de florecillas caídas de los frutales. Desenterró los pies, que sacaron enredadas hierbas y raíces rotas y jugosas, y brincando, zahondando y cayéndose, llegó a la suave firmeza de un sendero.

Desde un sombráculo, hecho de higueras domadas, hasta ayuntarse redondamente, miraba doña Beatriz el retorno del joven.

-Le avisé que se cansaría pronto; y usted se burlaba, terco y entusiasmado de hacerse labriego. ¿Todavía no sabe cómo es de tornadizo?

-¿Que me cansé pronto? ¡Pero si he cavado medio bancal! Estoy más contento que nunca, ¡y llevo en mis ropas y aun dentro de mi carne olor de campo, de honradez, de salud, de vida primitiva!

-¡Venga, venga aquí, dios campesino! ¡Ay, si su pobre tía Dulce Nombre le viera tan sudado y desnudo!

Sentóse Félix en un rubio sillón de mimbres y doña Beatriz alzóse y le enjugó la frente y los cabellos con su primoroso delantal de randas.

-¡Su cabeza es una tempestad de oro! -le dijo maternalmente. Y Félix entornaba los ojos bajo la caricia del fino lenzuelo y de las manos de la hermosa señora, fragante de primavera, pareciéndole recién salida de un baño de zumos de frutas, de flores, de pámpanos y espigas en cierne, de acacias y árbol del Paraíso.

-¡Doña Beatriz, usted no se perfuma como las demás mujeres; usted huele a naturaleza gloriosa, a mañana y a tarde de los huertos!... ¡Es usted mujer pagana y mujer bíblica. Ceres y Sulamita!...

-¡Cuántas lindezas y locuras sabrá decirle usted, algún día, a su elegida!

-¡Ya ve que he comenzado diciéndoselas a usted!

Ella, entristecida, sonrió, y descansó la cabeza en su mano pálida y delgada, y su encendida boca se contrajo amargamente.

Delante del cenador comenzaba una vieja escalera tupida, pomposa de yedras y jazmines, que llegaba a los primeros balcones del edificio espaciándose en solana; y aquí vieron a Julia como una aparición blanca y santísima que los buscaba mirando entre el follaje.

Se apartó Beatriz de Félix, reclinándose en su rústica mecedora, un balancín de ramas cortezosas con respaldar de almohadas, de China.

Vino la hija, rápida, infantil. Sus ropas cándidas y aladas, de pliegues de túnica, daban los inocentes resplandores de un mármol lleno de sol.

-¡Ya estoy libre del alemán! -gritaba aplaudiendo-. ¡Casi nada! He llegado hasta el adjetivo... no sé cuántos. Ahora veréis: el sabio Der Weisen; des Weisen; dem Weisen; die..., ¡no!, dem, dem, Weisen... ¡Bueno!

Félix reduciéndose, doblándose en su crujiente asiento, la envolvía enteramente con su mirada, riéndose.

-¿Te burlas de mí? ¿Qué hiciste tú? A ver tu bancal cavado...

Y sin dejar de increparle salió la doncella de la umbría de las higueras. El astil de la azada relucía en mitad de la tierra de los frutales.

-¡Anda, alfeñique, qué pronto te has cansado! ¡Pero, Señor, si tienes la camisa empapadita, aquí en la espalda y debajo de los brazos! ¡Sécate, abrígate!

-Ya lo hizo, Julia -deslizó la madre interrumpiendo sus cariñosos advertimientos.

Y Félix, volviéndose a ella, pronunció muy despacio:

-Me cuidaron sus manos, suaves y tibias como dos palomas.

Julia los contempló, y luego les dijo:

-¿Por qué no os tuteáis?

Sintió Beatriz una dulce llama en toda su sangre. Y arrebatada y graciosa le repuso:

-Julia: él, es una criatura, y yo he doblado ya el cabo de la Buena Esperanza de la mujer: los treinta años. No sé donde he leído que Margarita de Navarra cambiaba en las damas de esa edad el dictado de hermosas por el de buenas... ¡Reina más cruel...!

Julia insistió:

-Entonces, mamá, tú eres la que puedes y debes tutear a Félix...

-¡Por Dios, hija, que eso sería envejecerme demasiado! -y sonrió, adorablemente, de sí misma.

Julia y Félix la rodearon pidiéndole que accediera.

-Sí, sí, "madrina", hábleme como a un chiquito... Yo gozo tanto queriendo, que... padezco, porque exprimo y entrego mi vida. Pues sentir que me quieren, me es tan delicioso que oyéndolo parece que me duermo y todo, como un rapaz bebiendo del pecho de la madre. Amigos de mi padre, muy graves, desaprueban mi natural; dicen que el hombre debe ser tierno un momento, pero luego fraguarse y endurecerse. Y eso es confundir la humanidad con la argamasa. ¿Se ha fijado usted en la argamasa, que no cría ni musgo?

Julia y Félix quedaron contemplándose. Doña Beatriz los miró; y, pasando su brazo por la cintura de su hija, la llevó lentamente hasta perderse en la honda bóveda de un viejo parral. Subían las vides retorciéndose a la obediencia de rudos pilares, y en lo alto se buscaban y trenzaban, cerrándose en ámbito recogido y silencioso. En medio blanqueaba una cisterna.

Quedóse Félix bajo el trecho de olorosas higueras que cernían dulcemente luz, y sin propósito de examen se recreaba comparando las figuras del precioso dúo femenino. Se imaginaba un príncipe, puesto por eficacia de brujería en este jardín de encanto, gozador de inocentes caricias de hadas buenas, y que luego salía del gustoso cautiverio para mejor comprender estas delicias y desear la tarde, que volvía al infantil hechizo, Julia era tan alta como la madre, pero más delgada, con palidez mística de novicia y donaires y alborozos de rapaza; su carne y su alma daban la sensación y fragancia de la fruta agraz. Beatriz era la fruta dorada que destila la primera lágrima de su miel. Julia amaba las ropas holgadas, claras; parecía sumergida en nieblas y nubes gozosas de horizontes de mañana en el mar. Beatriz prefería los vestidos que la ceñían suavemente, y su cuerpo tentaba por su gentilísima opulencia y contenía el más lascivo pensamiento por sus actitudes de castidad y señorío. La palabra, la risa, el andar y el continente de la doncella eran candorosos y picarescos. La mirada de la madre tenía rápidas centellas; su voz, modulaciones pasionales, y a veces se adormecían y cansaban como después de mucho amor.

Horas de quietud beatísima, de sabrosos coloquios, de exaltación de toda su alma, solaces, vagar y aturdimientos de muchacho, gozaba Félix, por las tardes en esta casa que parecía olvidada de todas las gentes, aislada, lejos de la ciudad estando dentro de Almina. De tiempo en tiempo llegaba Lambeth, seco, rígido, aciago, sus ojos como dos chispas de ónix, su boca fría como la muerte. Lambeth se apartaba con su hija por un paseo umbroso de castaños de Indias y macizos de lauredos y adelfas. Era un lugar recogido en silencio y tristeza; entre los negros verdores surgía la blancura de algunas estatuas mutiladas; y acostado en el musgo, envuelto de paz, parecía dormir todo un pasado siglo.

Muchas veces el extranjero se marchaba sin haber saludado a su esposa ni a Félix, que conversaban dichosamente bajo los follajes ruidosos del viento y de cigarras, o alborotaban dejando libre el agua de las acequias, que se derramaba por los bancales hortolanos. Porque doña Beatriz había logrado una maravillosa confusión de estilos y ambientes de jardinería y de campo; y después de una avenida romántica y ducal, con sus medallones de céspedes y un abeto solitario y doblado como si esperase la nieve, aparecía la risueña amplitud de la huerta levantina con palmeras y grupos de cipreses que recuerdan los calvarios aldeanos, con frescos rumores de norias y regueras y zumbar de moscas y de abejas y un incendio de sol; al lado de cenadores rústicos y floridos, bancos vetustos con yedras y sombras de cedros; parrales profundos, espesura de olmos, fontanas arcaicas. En los sombráculos, divanes y reposteros de panas y sedas, labradas por las manos de la gentil señora, y en el centro de una plazoleta yerma, un cactus monstruoso, erizado como una araña ferocísima puesta de pie, un viejo cactus-cerus, de estupenda rareza, que, según Félix, se parecía a un hombre flaco y hosco; y mientras sus amigas se reían de la semejanza, él se acordaba de Lambeth.

... El grito de un pavo real le despertó. Cerca de las higueras pasó Julia; después, su padre leyendo un periódico muy grande. Saludó a Félix, y la dentadura del inglés brilló como una daga rota, y sus lentes resplandecieron, y fué su mirada lo mismo que si la hubiese dado el llamear del oro y del cristal, sin pupilas.

Félix buscó a doña Beatriz. Estaba sola junto a la cisterna. Un haz de sol descendía entre los pámpanos hasta la frente de la mujer. La vio muy pálida, abandonada, contristada... Y Félix perdió la quimera de imaginarse niño y príncipe hechizado en la molicie de perfumes y caricias, y hallóse fuerte, mayor que ella, custodio de ella...

Sonrieron. Y no se atrevieron a mirarse ni hablarse; y padecían en el silencio; y para no confesarse la turbación de sus almas, se asomaron a la cisterna. Estaba el agua somera, clara, inmóvil, llena de júbilo del cielo y de las parras. Apareció copiada la rubia cabeza de Félix, y luego doña Beatriz asomada a sus hombros. Y ¡oh prodigiosa visión del limpio, fresco y deleitoso espejo! Beatriz se veía pálida y aniñada como su hija; y la mirada que antes no osaron darse, la recibieron entrambos tan fuerte y seguida dentro de la guardada agua, que creyeron rizado y roto el natural espejo, y fueron ellos los que se habían conmovido apasionadamente.

Pensaba Félix que el entristecimiento, los ideales, los raptos y ansiedades del héroe, del santo, del sabio, acaso tendría su principio en su desposeerse de lo presente, en alejarse de sí mismo viéndose entre un humo o vapor luminoso de gloria, de infortunio, de infinito, dentro de un pasado remoto, inmenso; envuelto en una mañana sin límites, perdido, olvidado o malquerido el pobrecito instante de lo actual. La augusta serenidad divina emanaría de no salir nunca del Hoy eterno. Y seguía diciéndose Félix, que él, tan aturdido y espléndido de alegría cuando la vida se le deslizaba sucesivamente, pasaba a una ansia insaciada y misteriosa, quizá enfermiza, recordando lo pretérito o fingiéndose lo no llegado o desconocido en tiempos, tierras y placeres. ¿Era esto prender alas a su ánima, ennoblecerse, sublimarse? Pues siéndolo, ¡Señor!, confesaba que, lejos de probar el altísimo goce que viene de pulir nuestro espíritu, el suyo padecía y se apagaba.

¡Cuánto no sufrirían los héroes, los místicos y genios! ¿O es que el sufrimiento cerca y penetra vorazmente a los que no pertenecen a esas elevadas estirpes y lo desean, originándose la casta infortunada de los artistas, infortunada por ese perpetuo tránsito del dolor al goce, por ese hundirse en lo pasado embriagándose de su rara y santa fragancia, y el perderse en lo no visto, queriéndolo tener, siendo nada, y no gozar la realidad viva y sabrosa?

Y aquí llegaba Félix en su pensamiento cuando le asaltó la risa. Calló. Y volvió a reírse largamente.

Apareció doña Beatriz; miró asustada por todo el gabinete; y al cabo balbució:

-¡Qué miedo tuve, loco!

-¡Miedo! ¿Pues qué hice, "madrina"¿

-¿Qué hiciste? -sabía que estabas solo, que en todo este piso no había nadie; y, de pronto, sonó tu risa... ¡Olvidé que Guillermo tenía algunas veces tus rarezas...!

-¡Mis rarezas!... ¡Guillermo! Siempre me compara usted con tío Guillermo. En casa también...

-¡En tu casa! ¿En tu casa también?

-Sí. ¿Tanto me parezco a mi padrino?

-¡Mucho, Félix, mucho!

Y como doña Beatriz se retiraba diciéndolo, sus palabras se oían veladas y tristísimas.

"¡Rarezas!... ¡Pero si me reí de mis pobres ideas! ¿A qué venía ese ayer y ese mañana y el hoy divino y humano, y aquello del sabio, del santo, del héroe y del genio, con toda su niebla o vapor azul y luminoso de la gloria y de lo que está lejos; y entristecerme y desbordar de mí mismo¿..."

Y todos estos menudos soliloquios quizá se los motivase el no hallarse en el huerto, subiéndose a las parras, inquietando a los jardineros, a Beatriz, a los gorriones; entrándose descalzo por la alberca; estas imaginaciones tal vez se le adueñaban porque estaba en este aposento perfumado, suave como un estuche de joyas, y porque presenciaba preparativos de un viaje, y había oído que se cerrara esta casa, torre de marfil, mansión dorada y placentera de su vida... Sí; debía de ser lo romántico y tibio de la sala y la inquietud por la pérdida del gustoso retiro lo que le inducía a fingirse sediento y atormentado de idealidad...

De nuevo vino doña Beatriz. De un cofrecito de palosanto sacó encajes y cintas y sedas. Consultaba muestrarios y dibujos.

Doña Beatriz no vestía esa tarde, según su estilo predilecto, de trusa y falda lisas, que revelaban castamente sus firmes y peregrinos contornos, sino sus ropas de mañana, blancas y delgadas como cendales, ropas de indolencia que piden cuidados exquisitos para traerlas señorilmente, y, con ellas, hasta una mujer briosa y fuerte puede suspirar llena de gracia: "¡Estoy tan cansada, tan enferma!" Sus cabellos opulentos, de un apagado oro, los llevaba recogidos con sabio artificio de abandono, de tanto donaire que hacía pensar en las rosas que desmayan y parecen que van a caerse deshojadas del búcaro; y el olor de zumos de frutas y de flores que su carne exhalaba, creía Félix percibirlo ahora pasando entre esencias de

intimidades de armarios y tapices preciosos, como si fuese de una brisa de tarde campesina recibida desde una estancia abrigada y suntuosa. Todo el ornato de ésta era de blancura: los doseles, la alfombra, los sillones, y espejos. La luz, tamizada por los bordados
tules de los vanos, hacía más pálidos los brazos, el cuello y las mejillas de doña Beatriz...

-No se afane, no trabaje más, "madrina". Cuénteme; hábleme de tío Guillermo...

-¡Que yo te hable! -y le miró dentro de los ojos.

Y Félix se dijo: "Me ha mirado en lo hondo de mi vida; estamos cerca, y mi alma no ha padecido turbación. Y es ella misma la que sonríe y me cuida y juega conmigo en el huerto. Y una tarde, su mirada llegó a mí desde el frío del agua; y ella me pareció desconocida y los dos nos estremecimos".

Beatriz murmuró:

-¿Por qué no te hablan tus padres y doña Dulce Nombre? ¿Qué te dicen ellos de tío Guillermo?

-Ni mi madre ni tía Dulce Nombre me cuentan más de lo que yo recuerdo de la figura y de la voz de mi padrino. Me comparan con él por lo alegre y abandonado. Mi padre sólo me ha dicho que su hermano murió trágicamente. Debió de amarle mucho, porque algunas veces, al nombrarlo, desfallece su palabra, y llora.

Estaban sentados en butaquitas de terciopelo, cuyos dorados pies, labrados en filigranas, se copiaban en las losas de mármol. Los separaba una arcaica consola, y entre los candelabros, bajo el muerto reloj de oro, un cáliz de Bohemia esparcía el delirante aroma de una florida rama de naranjo.

Nunca se habían hallado en este recogido aposento de tan augusta pureza. Miraba Félix a doña Beatriz, y se imaginaba acompañado de Julia o le parecía que él y la gentil señora retrocedían al pasado permaneciendo él según actualmente era. Entraba la visión del huerto por las claras sedas de las cortinas, y se lo figuraba muy remoto, muy hondo y viejo. Hasta se contempló a sí mismo, y decíase que era él, pero después de haber gozado y sufrido intensa vida; creíase rendido de apurar sus secretos y elegido para empresas de audacia, de grandeza y de amor.

Su alma era como una delgada ánfora llena de melancolías, abierta por una mano invisible, y el encerrado vino de la cepa madre de la ilusión se vertía, mezclando su ranciedad, fuerte y dulcísima, entre la sangre y los nervios de Félix. Imaginaba lo pasado y el mañana en bella esfumación de horizonte vago y callado de cuadro antiguo; y ya no se rió, no hizo burla de su quimera... Y parecióle que tío Guillermo emergía de la suave penumbra.

Entonces oyó a doña Beatriz que decía:

-Era Guillermo alto y delgado como tú, pero más rubio, y sus ojos más verdes que los tuyos. Brotaba en su alma una fuente de alegría siempre renovada, bulliciosa, limpia. Pero cuando se reclinaba en una butaca y quedaba silencioso, inmóvil, soñando, parecía, como tú, entristecido, desgraciado, y su palidez de alabastro transparentaba enajenaciones de místico y de aventurero. Lo mismo que estás, lo mismo que te veo, lo he tenido y he visto muchas veces... ¿Qué sois? ¿Qué tenéis de funesto, de glorioso, de trágico, de misterioso en vuestras frentes de hostia?

Beatriz venció un sollozo. Y Félix creyóse una estatua, y llegó a sentir el frío hondo y fino de su mármol. ¿Sería el desventurado tío Guillermo que se le abrazaba por debajo de la piel y de la carne a sus huesos, a sus entrañas?

-... Le conocí en mi viaje de bodas, hace veinte años; yo tenía entonces diecisiete. También nos encontramos en un buque. Íbamos a Ceilán, para presentarme a los padres de mi esposo. Creí a Guillermo un poeta, un artista rico y glorioso que atravesaba el mundo sediento de pasiones; en su frente, en sus ojos, en su boca tenía la ingenuidad y el desdén de un Byron. Pronto fue nuestro amigo predilecto, como lo fuiste tú cuando regresábamos mi hija y yo de un viaje de placer de Barcelona. Lambeth quería que yo aprendiese el inglés en demostración de sumiso cariño al hogar británico de sus padres, trasplantado a aquella isla, que yo me fingía cuajada de piedras preciosas. De mis lecciones secas, interminables, apiadóse Guillermo, y para aliviarme, burlaba y hablaba locuras; y cuando Lambeth se enfurecía, Guillermo le

trazaba negocios fabulosos, empresas lisonjeras de logro. Era verdaderamente un mayo; era que Guillermo había leído en el corazón de Lambeth toda su codicia. La
última noche de travesía le conté, como una hermanita desgraciada, la historia de mi casamiento. Mi padre fue un rico minero de Almería, demasiado sencillo y andaluz. Un director extranjero de cualquier Sociedad o Compañía de minas, era para él la suma de todas las virtudes y grandezas. Apareció Lambeth, terco y audaz en los negocios. Y mi pobre padre le entregó su confianza, su hacienda, ¡y a mí! Yo fui a las bodas con mucha ufanía, y pronto supe mi engaño... Y llegué a Ceilán sin conocer apenas inglés. Mi marido se enfadó; y tu padrino se rió como un muchacho...

En Colombo sólo le vi una tarde, vestido de oriental... Pasados diez meses volvimos a encontrarnos en París. Salía yo siempre escoltada por Lambeth y un holandés, albino y gordo como una olla de manteca; se decía dueño de mucho caudal. Hablaban de asociarse; mentaban cifras, cargamentos. Subían al coche, de regreso al hotel, embriagados de cerveza; y entre sus frases de logreros, percibía otras que me avergonzaban; mientras Koeveld, que así se llamaba el camarada de mi marido, se reía produciendo un pastoso ruido con la lengua y miraba como un truhán mi pecho y mi cintura... Lambeth palidecía estremecido de rabia; pero por cobardía, por tentación de los millones que Koeveld ofreciera para sus empresas, y por frialdad, Lambeth no reprimió tanta insolencia y bajeza. Y una vez les oí que yo era hermosa y mi cuerpo lleno de tentación, pero que no tenía gitanería...

Beatriz y Félix se miraron y sintieron vergüenza.

Ella, sonriendo, murmuró:

-Son muchos los extranjeros que buscan en las mujeres españolas, singularmente en las andaluzas, algo yo no sé, algo picaresco y lúbrico, que Lambeth expresaba con esa palabra. La repetía el holandés babeando; se alzaba dentro del coche como para hacer alguna danza, mirándome, mirándome; pero se derrumbaba en los almohadones, conmoviéndosele su grosura, y todo el carruaje vacilaba recrujiendo... El cochero se volvía y me miraba riéndose, torciendo la boca con un gesto de rufián... ¿Qué tienes, Félix?

Félix le besó las manos.

Beatriz lloró calladamente... Después, tranquilizada y alentada, contó la aparición de Guillermo. fue en el hotel. Viéndolo, perdió el miedo que le daba Koeveld, cuyos profundos ojos huroneaban todo su cuerpo como hacía en la mesa al engullir los tasajos. Hasta Lambeth y el holandés parecieron ennoblecidos con la presencia y compañía de Guillermo, el cual, por compasión a Beatriz, unióse a los propósitos de aquellos mercaderes; y los dominó, los fascinó con su palabra de luz. Dieron obediencia a todos sus designios; y fundaron un comercio fastuoso de lo más preciado y raro que el viejo Oriente produce. Allí había maderas labradas de cedro y sándalo, muebles de nácar, ámbar, esmaltes; redomas con agua y peces de ríos sagrados; de Arabia y Etiopía los perfumes, gomas y ungüentos de flores, telas brescadas, el marfil y el ébano; de la India y China, las pieles de zapa, almizcles, cardamomo, galanga, conchas de tortuga, arneses de caballo; vinos de Armenia; cañas de Tilos.

En los crepúsculos dejaban que los hondos salones se alumbrasen con las llamas de los braseros y chimeneas. Los olorosos humos cercaban y enloquecían a la muchedumbre de galanes y damas de la aristocracia de la sangre y del pecado. Guillermo, entonces, llegaba a las más grandes audacias y locuras: despedazaba troncos de sándalos y los tiraba a los encendidos hogares; volcaba en el fuego de los trípodes urnas enteras de perfumes. Lambeth gemía maldiciéndolo en silencio. El holandés quiso una tarde impedir esa perdición de los almacenados tesoros, y Guillermo gritó delirantemente: "¡Los sándalos o tú!", y lo empujó a las llamas. Beatriz le pidió angustiada que lo soltase, y Guillermo lo dejó, murmurando: "¡Es verdad: olería demasiado a sebo!" Koeveld, muy pálido, lento, siniestro, desapareció entre estofas y armas resplandecientes. Acercóse Guillermo a ella, y sonriéndole dijo: "¿Ha creído usted que hubiese yo quemado al oso¿" Beatriz le miró ansiosa, rendida, poseída por la mirada de aquel hombre.

-No sé, aún no sé -exclamó Beatriz cruzando las manos como si or_aselo que para mí era y significaba tu tío Guillermo. A ti, Félix, nada más te he visto en esta vida de ciudad humilde, tan recogido y sencillo; y te imagino en vida aventurera, y, sin transfigurarte, eres como Guillermo. ¡De todos los hombres, de todos mis recuerdos de todos los hombres, os ofrecéis vosotros como figuras milagrosas de hombres arcángeles!... ¡En vuestras frentes, en vuestros ojos, en vuestros labios, en el andar y erguir la cabeza ladeándola, yo no sé qué tenéis de excelsitud y de tristezas divinas!... Cuando me miró Guillermo aquella tarde penetraron sus ojos en mis entrañas, fervorizó dichosamente mi sangre y latía mi pobre vida según la pulsación de la suya, que transmitía mirando. "Beatriz, ¿ha creído usted que hubiese yo quemado al oso¿" Le dije que sí. Y te juro, Félix, que abrasado Koeveld por Guillermo no me habría parecido maldad, sino el sacrificio de una res ofrecido por un héroe.

Guillermo rió inocentemente como un niño, y añadió: "Matarlo, todavía no. Sería asqueroso. Sólo quiero que la deje, que los deje..." Llegaba el instante de iluminarse los salones. Las luces estaban encerradas en fanales rojos y morados que hacían centellear siniestramente la pedrería de las armas, de los marfiles y estofas. No vino el hermoso tránsito de la iluminación, sino el angustioso de un incendio... ¡Cuánta ferocidad presencié! Guillermo nos salvó, y entre las llamas sonreía, gritando: "¡Ha sido Koeveld el incendiario!"

-¿Murió mi padrino? -exclamó Félix estremecido y blanco de ansiedad.

-Entonces, no. Humeante, con las manos llagadas, perdióse en París buscando al holandés. Nosotros, mi esposo y yo, regresamos a España. Y aquí en Almina, con el caudal heredado de mi padre, se estableció Lambeth y alcanzó la fortuna que tenemos. Nada sabíamos de Guillermo, y si alguna vez lo nombraba yo, Lambeth comentaba el recuerdo menospreciándolo fríamente. ¡Qué aborrecimiento, Félix, podéis hincar vosotros en algunas almas!... La mañana de fiesta santísima para mi vida que le quité a Julita los pañales y le puse sus primeras ropitas cortas, presentóse inesperadamente Guillermo en ese mismo huerto que tanto te agrada. Traía un niño tan rubio y blanco, que de dentro de sus cabellos y de su carne parecía exhalar una luz de estrellas. Ya te dije que ese niño eras tú, Félix... Guillermo te enseñó a llamarme "madrina". Muchas tardes os tuve a Julita y a ti juntos, en mi regazo, mientras él me contaba sus andanzas, su nomadismo genial, sus juegos con la muerte... Hablaba mucho

de la muerte siendo él llama de amor y de vida. Como tú, la veía en el reflejo de la luna; dentro de los estanques y del mar, en las nubes de los ocasos, en las siluetas de las montañas y de los árboles... ¡Oh Félix, no hables, no la veas más como una amada, que se me figura que sois predestinados y tengo miedo de ser yo quien llegue a pensar en tu muerte lo mismo que imagino la de Guillermo!...

Entonces Félix sintió un apresuramiento helado de su sangre y escuchó los pasos de otra vida, llegada del misterio, caminando encima de su alma. ¡Señor, él también padecía la visión de la muerte en los vivos... Niños, viejos, mujeres placenteras, Julia, doña Beatriz, a todos se los representaba muertos, con las manos cruzadas sobre el vientre! A su mismo padre lo había visto, y se le torcía el corazón de angustia por librarse de este mal de espectros. Era un instante de intenso padecer. Y ahora las palabras de Beatriz le removían esa ilusión fatídica; y parecíale que tío Guillermo se abrazaba a él, dejándole el alma señalada de frío...

Quedó doña Beatriz contemplándole; él le pidió que dijese toda la historia desventurada, y ella, con voz cansada y conmovida, prosiguió de este modo:

-Guillermo pasaba temporadas en La Olmeda. Aún la habitaba su hermano Pedro, el Santo, según le llamaban las gentes por su mucha austeridad y devoción. Los patricios de Almina, estas buenas familias enriquecidas con salazones, y las gentes humildes, todos murmuraron de mí, creyéndome culpable de amor. Mi marido sabía mi pureza; yo, en cambio, estaba enterada de sus vicios, y como nunca nos quisimos, aprovechamos gustosos esas pobres malicias y nos separamos también externamente. Lambeth se trasladó al edificio de su despacho de naviero y almacenista. Le veía cuando visitaba a Julia, y sólo estuvimos juntos durante dos viajes a Alemania. Sospecho que me llevaba por convenirle presentarme en otros hogares de banqueros.

Un año permaneció Guillermo en Almina. Tu padre, tía Dulce Nombre, todos los hermanos le solicitaban que se resignase ya a una vida quieta. Negábase él, riendo y trazando nueva peregrinación. Le auguraban grandes males. Todo me lo contaba Guillermo, haciendo cariñoso remedo de los avisos de su hermana Dulce Nombre, que le decía las mismas palabras que a ti: "¡Ay hijo, esa alegría tuya, ese no meditar nada, no sé, no sé!... ¡Quiera el Buen Ángel!..."

Sí; los mismos lamentos y amonestaciones escuchaba Félix. ¡Qué rara y fatal mixtura de sencillos agoreros, de místicos febriles, de caballeros poetas y vagabundos, de hidalgos mesurados y sedentarios, habían sellado espiritualmente su linaje!

-... Vino la primavera; y Lambeth decidió que fuésemos a Alemania, a esa magna región del viejo Brocken, que Heine describe en un libro que tú me leíste. Yo, sin perversidad, sin querer avivar las inquietudes, las ansiedades de nómada y artista de tu padrino, ¡oh, te lo juro, Félix!, le hablé de nuestro viaje, y Guillermo quiso venir y pisar la cumbre del monte de los abetos, y ver el romántico valle de la princesa Ilse... En aquel paisaje sagrado, que pronto quedaría ungido de sangre de un hermano ideal, sólo vi y hablé a Guillermo una mañana. Lambeth no estaba. Nos prometimos excursiones atrevidas, solitarias, a los lugares cantados por Goethe. Después me acompañó hasta los primeros cedros de nuestro hotelito. Seguí yo sola; y junto a los setos que lo cercaban, de los macizos de lilas apareció un hombre que se me fue acercando muy despacio; sonreía ferozmente; sus mandíbulas y toda su cabeza parecía de un solo hueso azulado, brillante, grasiento. Era como un hombre

desollado que se riese. ¡Qué espanto y qué asco! Grité. Me socorrieron los de la casa, y el aparecido huyó...

Beatriz se retorcía las manos y sollozó. Félix la miraba angustiosamente.

-... Por la noche llegó mi esposo. Sirvieron el té, y mientras lo tomaba sonreía como el espantoso hombre de la mañana. Después pronunció mi nombre; su voz era blanda, fría, húmeda; parecía salir de una ola siniestra que se abriese, y de improviso murmuró: "Los dos están muertos; los he visto en la orilla del camino. Guillermo tenía el cuello mordido. ¿No le llamábais el oso a Koeveld? Pues el oso ha mordido a Guillermo, y el oso también ha muerto; él mismo se ha degollado".

Félix gritó, enloquecido de rabia y de dolor. La brocadura de la fiera le desgarraba a él su costado. Beatriz tuvo miedo de la mirada intensa de aborrecimiento que le dieron sus ojos.

-¡Félix! ¡Félix!... ¡!Así me miras!!

Temblándole la boca, silbándole el aliento, balbució Félix:

-A usted, no; toda mi compasión es para su vida. ¡Mataré a Lambeth!

-¡No tiene culpa, no tiene culpa! -gimió la mujer desventurada-. Koeveld buscaba también la vida de mi esposo, y acaso la mía. ¡No le odies injustamente por ese crimen como... tus padres y toda tu casa me maldicen y aborrecen!

Estaba acabándose la tarde. En el huerto se recogían cantando los gorriones. Llenábase el aposento de fragancia de magnolias y acacias.

Doña Beatriz avanzó hacia las ventanas para recibir la felicidad de la luz del crepúsculo, que parecía deshilarse sobre un monte zarco y remoto.

-¿Ha muerto; de veras ha muerto Koeveld? -gritó Félix horriblemente.

Ella volvióse y rindió su cabeza. Luego, apagándose su palabra, repitió su lamento:

-En tu casa me odian, culpándome del martirio de Guillermo. ¡Júzgame tú, Félix! Ni fui pecadora de amor. ¡Oh pecado de amor cometido por Guillermo! ¡Antes de presentir que pudiera inclinarse a quererme, lo mataron!

Abrió los cristales y salió el crepúsculo. Y Félix percibió un grito convulsivo y roto:

-¡Koeveld, es Koeveld; míralo!

Los recios balaustres se estremecieron por el acometimiento de Félix. Bajo las últimas palmeras de la silenciosa y ancha calle se alejaba una bella mujer; detrás caminaba un hombre alto, craso, pálido, cabeceando pesadamente.

Hundido en una vieja butaca de cordobán, escuchaba Félix, muy risueño, la menuda y amorosa plática de su padre. Y no pudiendo seguir atado a tan largo silencio y quietud, alzóse, miró al anciano de modo dulcísimo y con suave ironía le dijo:

-Lo que hasta aquí me has dicho "son documentos que han de adornar mi ánima"; ahora sepamos los que han de servir para ornato y salud de mi cuerpo.

Don Lázaro amohinóse mucho, y no quiso proseguir.

-¡Si es que tu predilección -exclamó el hijo- me trajo el recuerdo de los consejos del señor don Quijote a su criado! ¡Por Dios, no parece sino que emprendo un viaje a las Indias para necesitar de tantos avisos!

-¡Todavía son pocos, que eres alborotado y distraído como no te quisiera! Y dejando de bromas, he de repetir que para llegar a La Olmeda pasarás por Almudeles.

-Sí, ya lo sé; he de pernoctar en Almudeles.

-Pasarás por Almudeles..., y déjame que acabe. En Almudeles vive mi primo Eduardo. Desde tu regreso ya conoces la petición que me hace: "Mándame a esa criatura y yo te la curtiré en la hacienda, que después no la conozcas de ancha, maciza y sana". Pues ya que no vas a su campo, sino al de tía Lutgarda, me parece ingratitud y descortesía que sólo te detengas en su casa para dormir...

-Entonces iré a una fonda. Da lo mismo...

-Pero si lo que yo quiero es que te quedes a su lado algunos días, una semana, al menos.

-¿Una semana¿... ¡Una noche y gracias! ¿No te parece?

-¿Qué ha de parecerme?

Volvió Félix a su profundo asiento, movió los hombros y murmuró pasmado:

-¡No lo entiendo! ¿Qué maravillas guardará Almudeles, ni qué empresas habré de acometer en ese pueblo capaces de interrumpir un viaje que todos queréis precipitar¿...

-¡Si no es Almudeles; es tu tío Eduardo!

-¿Qué tendrá tío Eduardo?

-¡Por Nuestro Señor, Félix! Pues qué, ¿no conservas recuerdos de él y de tu prima y de doña Constanza, también algo tía tuya, y de Silvio, su hijo?

-Yo apenas los conozco... Pasé un verano en su heredad, siendo muchacho; por fuerza he de resultarles un huésped ceremonioso.

-¿Huésped ceremonioso, dices? -gritó don Lázaro.

Y arrebatado de fierísimo enojo dio con su puño tan recio golpe en el vetusto escritorio de caoba, que derribó las plumas del cuenco de plata de la escribanía, donde descansaba, y estremeció las vidrieras del aposento, que resonaron como bordones heridos.

Levantóse Félix y lo abrazó riéndose.

-¡Todo, todo os lo consentimos, menos reñir y enfurecerse! -y besaba la pálida y alta frente del padre, cuyos cabellos lacios, de noble blancura, plateaban intensos bajo la encendida lámpara de aceite; redondo, ancho y generoso lampión de refectorio o de hogar de residencia campesina, más que de estudio de hombre tan rico y autorizado como don Lázaro Valdivia-. ¡Qué frente tienes! ¡Augusta como una cúpula, y deja suavidad y olor de santo, de ala de palomo blanco, de árbol grande de ribera!... ¡qué sé yo!... Y huele a padre, a ti; es fragancia tuya nada más...

-¡Félix, Félix, déjame! -gritaba don Lázaro.

-¿Te has fijado en el aroma de tus sombreros, en donde ciñe tu cabeza? Es el mismo de tu frente, ya apagado, ¿verdad? ¡Olerlo da alegría y tranquilidad! ¡Que lo diga, que lo diga mi madre! -y gozosamente la llamaba.

Afanábase el señor Valdivia por que no se le fundiera la gravedad de su continente, pero dentro de su alma cántaba una inmensa y bendita aleluya de amor. Y para reprimir la risa, apretaba las mandíbulas y esclavizaba la mirada a la espantable labra del león de bronce de la escribanía.

-¡Te harás daño si sigues mordiéndote! -le avisó su hijo.

Y entonces sonaron mezcladas las dos risas, grandes, ruidosas, de íntima ventura.

-¿No te gustan y te remozan estas pendencias, que nos igualan hasta parecer dos muchachos, dos amigos, tú, ¡claro!, mayor que yo?

Pasó la madre, seguida de tía Dulce Nombre, para saber la venturosa contienda.

-¡Esa tu eterna alegría!..., quiera el Buen Ángel..., quiera el Buen Ángel...

-¡Quiéralo siempre, mi santa tía antañona! Pero ¿qué ha de querer, que nunca lo dices?

-¡Yo no sé, no sé -rezongaba doña Dulce Nombre-; pero esa licencia que hoy estilan los hijos con los padres, siendo aquéllos tan mozos, no sé!... Recuerda, Lázaro, nuestra severa crianza. Antiguamente...

-¡No es licencia! -le interrumpió, alborozado, Félix-. ¡Toda estás llena de augurios y pesadumbres! Hace dos siglos también hubieras dicho, amonestando a algún sobrino: "Antiguamente..." Tú, que siempre has vivido como una bienaventurada, creíste con demasiado rigor todas las palabras de la Salve: "A ti llamamos los desterrados hijos de Eva; a ti suspiramos, gimiendo y llorando en este valle de lágrimas..." ¡Ea, pues, señora tía, que los verdaderamente afligidos giman y lloren, pero ni tú ni yo lo somos!...

-Félix, Félix, deja en paz a tía Dulce Nombre y no hagas donaire con lo sagrado -dijo don Lázaro, y requirió papel y sumergió la pluma en el pocillo de tinta de un talavereño, que el tintero de recio y tallado cristal de la escribanía nunca perdió su original limpieza.

Félix tomó las sequizas manos de la piadosa señora doña Dulce Nombre, y se entretuvo contando las encendidas huellas de los sabañones padecidos. Y murmuraba:

-Doce, trece, catorce..., dieciocho... ¡Infinitos, tía! ¡Válgame el Buen Ángel!

La madre, delgada, menuda y descolorida señora, le reprendía blandamente.

Acabó don Lázaro su escrito; fue posando la pluma encima de cada palabra. Luego hizo un adusto visaje y rasgó la hoja. Era el telegrama anunciando a tío Eduardo la salida de Félix. Y al saberlo, éste exclamó:

-¿Y lo rompes porque te pasaste? Toda la vida es un padecer, ¿verdad, doña Dulce Nombre?

-Lo rompo porque no aproveché las quince palabras.

El señor Valdivia usaba y obedecía cabalmente el derecho y obligación, que todo es hábito en la vida, y adquiriéndolo en lo grande y en lo menudo, es fama que se alcanzan las más altas y costosas virtudes.

Pues el señor Valdivia rehízo el parte y lo leyó. Las mujeres inclinaron las cabezas, asintiendo.

Después, don Lázaro y su hermana conversaron de La Olmeda, lugar de su infancia. ¡Cuántos eran entonces, Señor! Las noches estivales se les permitía un rato de alborozo en las inmensas eras, ante la vigilancia de los padres, que se sentaban bajo el ancho soportal, rodeados de criados y labriegos. Los gritos de los muchachos venían repetidos de lo hondo de los montes que subían negros y pavorosos detrás de la vieja casona. Entonces, Guillermo les contaba que sus voces las devolvía el eco y que "Eco -decía con grave daño de la ninfa helénica- era un hombre cubierto de lutos que salta por los breñales, y transpone los collados, y lleva en sus entrañas la voz de todas las criaturas, y les responde siempre; y cuando una muere, siente el Eco un trozo de muerte, y cuando todas se acaben, él sólo dará una gran voz que no será oída de nadie y se deshará lo mismo que la niebla..." Los hermanitos quedaban pasmados mirando los fantasmas de las sierras. Los grandes, sonriendo de burla,
lo escuchaban con embelesamiento y miedo... Y de esos seis niños tan unidos, tan felices bajo las frondas de los olmos, quedaban ellos, Lázaro y Dulce Nombre, aquí, y Lucía, que peregrinaba con su cíngulo de penitencia y caridad por los hospitales de la India. Los demás, ¡cuán distintos habían sido en vida y muerte! Pedro, el primogénito, el heredero de La Olmeda, adornado de raras virtudes, dejó, al morir, fragancia de santidad. Luis, un químico audaz, hosco y sabio, se abrasó los ojos y las manos en su infernal estudio. Y Guillermo, el predilecto de todos, corazón aventurero, ascua de ideales, acabó asesinado en misterioso y espantable lance de amor.

¡Nuestra Olmeda! La vieja Olmeda, ¡qué silenciosa, qué remota y postrada se les aparecía!

Y los dos hermanos quedaron contristados, con la mirada humedecida y levantada, viendo en su memoria el amado y santo paisaje natal. Doña Dulce Nombre balbució:

-¡Y Posuna! ¿Te acuerdas de Posuna, el pueblecito de nuestra iglesia, con su cementerio rodeado de cerezos?

-¡Es verdad; Posuna! -gritó Félix-. ¡No lo pensé! Haciendo un rodeo en diligencia puedo llegar a Posuna, y de aquí a La Olmeda, sin el temido paso de Almudeles. ¡Es que guardo un desabrido recuerdo de la hermana de tío Eduardo! ¡Acordada la ruta por Posuna!

-¡Félix, por María Santísima! -exclamó el padre.

-¡Félix, Félix! -amonestábale la madre.

-¡Válgame el Buen Ángel! ¡Nunca hay sosiego! -gemía doña Dulce Nombre.

-¡Yo me arrepiento de mi pecado! -dijo Félix.

Y riendo besó aquellas abatidas cabezas, y salió, mientras la tía Dulce Nombre suspiraba compungidamente.

-¡Esa su eterna alegría, no sé..., no sé!

Al pasar por la antigua sala, que estaba apagada, recibió Félix la visión del mar, quemado de luna grande, redonda. Ardía en las aguas un óvalo de luz rizada, muy pálida. Por el ancho cielo viajaba un humo tenue que cerca del astro vislumbraba como el nácar. La noche llevó muy remota la mirada de Félix, y le quitó de su alma la ruidosa alegría, dejándole un goce recogido del silencio y belleza...

Atraído por la inmensidad, abandonó las ventanas, tomó su sombrero y salió. En el ambiente parecían derretirse los perfumes de hierbas y flores de renovadas juncieras; olía también la noche a mujer hermosa, a doña Beatriz, que Félix se imaginaba más desventurada, más entristecida y pálida que nunca.

Bajaban hacia el mar, blanco y quieto como un lago nevado, grupos de gentes placeras y regocijadas. Otros iban a los huertos del contorno, que, alumbrados de luna, eran todos jardines de encantamiento o huertos santos como el de Gethsemaní, y de día mostraban la pobreza de sus tierras sedientas, que llevan cebadas y arvejas mustias, alguna higuera retorcida, como maldita, y junto a las balsas verdes, lamosas, y los aljibes, cegados de piedras y ortigas, sólo florecen los geranios, gordos, rojos de fuego.

Y las gentes, ebrias de la olorosa noche, que ellas no contemplaban, cantaban y brincaban mirando sus sombras lo mismo que los chivos enardecidos. Cruzáronse con Félix, que les dejaba, sin darse cuenta, una sonrisa de dulce lástima de hermano; y las buenas gentes no la recogían y retozaban muy contentas porque acaso llevaban cestos con guisos sabrosos, vino espeso y pan de reciente cochura para cenar en la escollera.

De lejos venían brisas de música de un paseo costanero, y allí flotaba dormidamente una niebla de luces y de polvo.

En los portales de las casas había hombres sentados que fumaban y contendían de arbitrios, y otros bostezaban. Pasó Félix delante de la entornada reja de un despacho humilde, con butacas raídas, y un facistol que mantenía un libro enorme de tapas verdes; el escritorio parecía una jaula; un niño muy descolorido rendía la cabeza siguiendo el dedo gordo y velludo de un hombre que repetía iracundo: "Si al dividendo le quitamos dos cifras...", pero el hombre pronunciaba sifras. Y el niño se distraía mirando las moscas y mariposas que revolaban golpeándose sobre la luz de petróleo. La madre, con las ropas arrugadas y desceñidas, dormitaba en un viejo sillón de paja, y dentro de la negrura de la entrada una onda de luna mojaba de lumbre blanca las losas.

Félix huyó angustiadamente. ¡Toda la gran noche olvidada! La contempló, y creyó que la noche se hacía muy alta, muy solitaria y que tenía la palidez de doña Beatriz... ¡Las pobres gentes, que no alcanzaron la felicidad de una "madrina" como la suya, que lo arrebataba a una alta cumbre desde la cual veía siempre su vida dentro de una noche magna y sagrada de plenilunio!

Subió por una calle amplia y orillada de palmeras. Allí estaba su mansión, blanca, señorial, de saledizo balconaje y torre-miramar en la azotea, que resaltaba sobre las elevadas frondas del huerto.

Ya cerca de sus muros paróse Félix. Lambeth y Julia aparecieron en el rojo peldaño del vestíbulo. Luego se alejaron hacia el paseo de la fiesta. Desde el gran balcón, Beatriz contemplaba a su hija. Antes que la señora lo descubriese entró Félix, y una criada lo pasó al comedor. Era la rotonda del entresuelo; tenía zócalo y artesonado de peregrinas y apagadas maderas, como de coro o sala capitular, y las paredes colgadas de tapices, copias de Teniers y de Goya. Casi toda la luz se recogía en la labrada plata, en la cristalería y primorosa cerámica de los aparadores; goteaba luz la porcelana y el oro de los centros y los azafates y frascos de roca; y más que producirse en la dorada lámpara, semejaba manar de tan grande riqueza.

Desde las abiertas ventanas estuvo Félix contemplando el jardín, dormido bajo cendales de luna.

Vino doña Beatriz, que había dejado la cena para cuidar del atavío de Julia y mirarla desde los balcones.

-¿Me perdona, "madrina", esta visita? La luna me ha sacado de casa y me ha guiado hasta aquí como a un niñito de cuento que se pierde en medio de un bosque.

Ella le llevó a la mesa, le sentó a su lado y, riéndose, dijo:

-¡Pues ya verás cómo ese cuento de miedo acaba con el premio a la pobre criatura!

Una doncellita, vestida de negro, con puños y cuello de encajes blancos, trajo el helado, que figuraba dos flores de fresas, servidas en rizadas y finísimas valvas de primorosa orificia.

Después, la mismísima "madrina" puso a Félix de un pastel de almendras redundado de almíbares y vino generoso, y luego frutas de su huerto, que daban el mismo aroma de las manos de la señora.

Notaba Félix esa noche, más que nunca, lo exquisito de la magnificencia que rodeaba a doña Beatriz, y que ella tenía y gozaba retraídamente, ajena a todo vanidoso pensamiento. Y, sin quererlo, comparaba el joven esta casa con la de sus padres. La cual también era rica, hidalga y principal; pero sus aposentos, de mucha austeridad, y las criadas, limpias y zahareñas, con pañuelos cruzados en el talle, a usanza aldeana, y las piadosas visitas, y el suspirar de tía Dulce Nombre, no alejaban la fantasía más allá de los campos de La Olmeda. En cambio, la mansión de doña Beatriz parecía de una reina en cautiverio fastuoso, y a él lo transfiguraba en héroe de nuevas y estupendas mitologías... En su casa también tomaban helados muy ricos; pero, vamos, no siempre, y además procedían de las vulgares garrafas del Casino, de cuya Junta directiva participaba el señor de Ripoll; helados servidos en copas regordetas y azules. El helado de doña Beatriz se cuajaba en tubos de aluminio, que
daban empañados resplandores de estrella, y lo presentaban en tembladeras de oro, rizadas como las conchas.

Félix hubiese llegado a un extremado fetichismo si Beatriz no se lo evitara, diciéndole:

-Un amigo de tus padres enteró a otro nuestro de que anticipaban tu viaje a La Olmeda.

-Es verdad; saldré mañana, y voy contento imaginando mi vida campesina, ruda, en un lugar que ha de evocarme aquel raro espíritu de mi padrino. Y amándole tanto, yo me hubiese rebelado contra ese viaje si usted se quedase en esta dorada prisión. ¡No se marche! Todavía es tiempo. ¡Piense que son cuatro meses los que ha de pasar entre esos irresistibles elegantes de playa!

-Lo sé; ¡y mejor que a ese fausto y ruido iría a cualquier rinconcito de La Olmeda!

Y doña Beatriz ocultó una rebelde sonrisa y evitó el decir más, levantándose para mirar el bello reposo del huerto.

Quiso Félix subir al torreón para ver toda la noche. Ella consintió, y luego fueron. Era el miramar una pieza amueblada con divanes azules, amplios como lechos; mesita de taracea, y un fanal escarchado. Las ventanas tenían la línea mística de las ojivas, y rodeaba externamente las paredes una voladiza balconada. Desde allí viajaban anchamente sus ojos, pasando encima de la ciudad y entrándose en los campos, donde ahora blanqueaban los casales, de cuyos cercados surgían las negras lanzas de los cipreses y las dobladas copas de las palmeras. Más lejos, las montañas parecían de velos de novicias, o de espesos vahos que pudieran fundirse, disiparse, y se esperaba el descubrimiento de nuevos confines. Hacia Oriente espaciábase el mar como una lámina de plata empañada, y en lo remoto se deshacían las aguas en el cándido misterio de un desierto polar.

Inmóviles, callados, contemplaban Beatriz y Félix la santa noche. Creíanse subidos y asomados en la orilla de una estrella. Juzgábanse venturosos, y se sonreían con entristecimiento. Se miraron, y vieron, dentro de sus retinas, luna, noche, inmensidad, y temblaron recibiendo el recuerdo de la mirada en el claro y vivo espejo de agua de la cisterna.

Sobre la helada lumbre del mar apareció la negra silueta de un vapor. Brillaban en sus mástiles dos lucecitas como dos gotas de luna. Y este buque, que sólo parecía llevar la suprema ruta de la belleza, conmovió a Félix, abriéndole en su alma la aflicción por la cercana ausencia.

-¡Como ese barco se verá el de ustedes, porque aún habrá luna grande!

Y Beatriz dijo:

-¡Tú estarás entonces en tus tierras! Si quieres, nos saludaremos mirando a la misma hora esa estrellita que tiembla junto a la luna. ¡Acuérdate!

-¡Madrina! -y descansó su frente sobre el desnudo brazo de doña Beatriz, abandonado en la fría balaustrada.

Los ojos de la señora recorrieron la dorada cabeza del hombre. Y de súbito se conmovió de dichoso y amargo desfallecimiento. Había sentido humedad y brasa de labios. Parecióle besado todo su cuerpo. Y fue esforzada: suavemente retiró su brazo de la caricia. Alzó los ojos y balbució:

-¡Qué altos, qué cerca del cielo! ¡Como si el cielo fuese un mar que nos sorbiera!

Y hablando estremecida y dulce, con acento de niña, muy despacio, apartóse y se refugió en las sombras del recinto.

Félix miró todo el firmamento. La pureza, el silencio, la magnitud de la noche, le traspasaban hasta lo más escondido de su corazón, que sentía recibir un bautismo de santidad.

Volvióse a doña Beatriz, y la vio bañada de los colores de luna derramada en los divanes.

Abrió las vidrieras, y apareció religiosamente la azulada palidez del espacio. Los fastuosos colores que vestían a la mujer se deshicieron, y quedó vestida de luz y blancura nupcial.

Entonces los brazos de Félix la ciñeron. Parecióle que estaban en el templo solitario de un astro, alumbrado suavemente para ellos. Y tuvo la divina sensación de que abrazaba un alma desnuda, alma hecha de luna y de jazmines. Y exclamaba:

-¡Mirar al cielo y tenerla abrazada, Dios mío!

Extenuados y delirantes, se reclinaron sobre los amplios asientos de seda. Un rayo lunar los envolvía...

Toda la honda y clara noche fue lámpara y estrado de su amor.

Después, al levantarse, todavía abrazados, vieron una nube blanca y resplandeciente de figura de Ángel terrible, como el que arrojó a Adán y Eva del Paraíso. Y los dos sollozaron.

-¡Madrina mía! ¡Beatriz!

Salieron, y se besaron castamente delante de toda la tierra y de todo el cielo, y delante del Ángel que se desvaneció entre nieblas y luna...

Las palabras de Maeterlinck resonaron en sus corazones:

"Y si mirasteis las estrellas al abrazar a vuestra amada, no la abrazaréis de igual modo que si hubieseis mirado las paredes de vuestro aposento".

Comenzaba a removerse un tren mixto, viejo y pesado, de Almina a Los Almudeles cuando Félix logró subir al único departamento de primera.

Román, antiguo y celoso criado de los Valdivias, que se desesperó y rezongó furiosamente mientras Félix estuvo despidiéndose de su "madrina", dejó en un asiento el equipaje de su señor; éste lo puso en las mallas del coche, y después sentóse rendido, enjugándose la bañada frente, y sólo entonces reparó el viajero en otros dos que le estaban mirando. Apenas pudo saludarlos, impresionado de la visión de una figura crasa, descolorida, de oblicuos y quemados ojos y boca torcida por una mueca de espanto o de mal. ¡Van Koeveld! Sí, Koeveld; pero el seudo Koeveld, que el feroz holandés había muerto verdaderamente; y el Koeveld del vagón era el mismo hombre que Beatriz y él vieran una tarde caminando despacio detrás de su esposa.

Al lado estaba la bella mujer. Su actitud, su palabra, su blancura y hasta el liso peinado de sus cabellos negros y opulentos, la mostraban infortunada y medrosa. Contemplaba sumisamente al marido; sus pupilas, grandes, oscuras y aterciopeladas, se llenaban de compasión, y luego, sus ojos se apagaban, entristecidos, gastados. En fin: toda la faz de la señora recordaba las pálidas y esfumadas efigies de los miniados esmaltes antiguos. Y este infantil y tímido aspecto hacía más insinuante y atrevida la línea valiente de su busto, cuya palpitación se le notaba por lo delgado del vestido primaveral. Levantóse para ver un pueblecito blanco, que se bañaba en los jugosos verdores de los viñedos, y ahora se manifestó la completa y espléndida gentileza de su cuerpo. Pero tan graciosas lozanías parecían mustiadas y oprimidas por miedos y pesares de su espíritu y algunas veces por la fuerza rechazadora y celosa de los ojos del marido. Mirábala el falso Koeveld, y todas las escondidas hermosuras de la esposa se reducían humilladas, en actitud de un plebeyo cansancio, llegando a parecer vestida de ropas groseras y recias de fámula, de esas telas que aprietan, menoscaban y ahogan toda línea triunfal de la carne. Pronto recuperaba su donaire, pasaba a embelesamientos tentadores, y de cuando en cuando alzaba las manos para enmendar alguna rebeldía de su sombrero, y entonces resaltaba el prodigio de su pecho, firme y redondo, como de doncella, adivinábase el delicioso secreto de sus axilas.

Admirábala Félix con mucha limpieza de imaginación y aun con mancilla que esos encantos fueran poseídos de Koeveld. Frecuentemente había de apartar y distraer los ojos, porque los del holandés celaban a la hermosa señora y al que ya sospechaba ladrón codicioso de su goce. Este avizoramiento llegó a enconarse porque ella asomóse a la portezuela y en su cintura se hizo una preciosa curva. En seguida se retiró. El humo de la máquina había herido sus ojos, y para aliviarse del escozor frotábase con un delicado pañolito que humedecía en la punta de su lengua, diminuta y encendida como una fresa. No es posible decir cuánta fue la cólera de Koeveld. Se le encajaban las mandíbulas y, torpe, balbuciente, repitió:

-¿Qué se te perdía fue...ra, qué se te perdía?

Ella le envolvió en su mirada dulce y humilde.

-¿Qué se te perdía..., qué se te perdía...?

-¡Si no es nada! -atrevióse a mediar Félix, sonriendo.

-Bien; pero ¿para qué, para qué sacar todo el cuerpo? ¿Qué se le perdía?

-Koeveld, a usted también le habrá ocurrido sin perdérsele nada, ¿verdad?

-¡Koeveld! ¿Dice Koeveld? Pero ¿qué ha dicho?

-¡Perdóneme! ¡Si usted es el señor Giner..., el señor Giner!

-Bueno; servidor..., servidor...

Y el señor Giner interrogaba a Félix con ojillos torcidos, que aun siendo foscos confesaban toda la flaqueza de su cráneo enorme y ralo.

¡El señor Giner, el señor Giner!... "Giner y Ripoll" decía la muestra de un almacén de cereales y salazones de la plaza de la Colegiata, de Almina... La madre de Giner, viuda, gorda y sagacísima señora, lince de la usura, fiera guarda de su hijo, al que casó con una sobrina pobre del difunto Giner, padre; y murmurábase que la imponente viuda ordenaba rigurosa disciplina hasta en la cámara nupcial de sus hijos... La madre Giner la llamaban todas. Una lechuza tenía la querencia en el viejo eucalipto de la plaza, que derramaba su oloroso follaje sobre las ventanas de la madre Giner... Sí, "Giner y Ripoll", el Ripoll diputado...

Ahora iba ensartando Félix sus recuerdos... ¡Y qué terco y sandio anduvo creyéndole Koeveld! ¡Válgame, ni se asemejarían! Pero la trágica historia, tan rica en lances de audacia, de amor y de muerte, que le contara la "madrina", había puesto color de peligros y espectros hasta en la desdichada catadura del señor Giner.

Y contempló a la viajera, toda solicitud y gracia para aquel hombre, que, si no era un facineroso como Koeveld, seguramente le aventajaba en fealdad.

¡Cuánta lástima florecía en el corazón de Félix mirando a la mujer desventurada! Que así la juzgaba fingiéndose el constante suplicio de la beldad triste y lacia. Y como todo sentimiento, hasta el de la compasión, tenía en Félix algo de voluptuosidad por lo intensísimo, se conmovió de alegría, de la generosa alegría que Adath dice a Lucifer: "El goce de esparcir la alegría, de comunicarla a los otros"; y quiso mitigar, alborozar, siquiera en el breve discurso del viaje, esas dos miradas hundidas en el hastío de la nada de emociones. Les habló de gentes, de ciudades, de libros; pero todo lo decía con demasiado apasionamiento, aunque cuidaba de mostrarse varón serio, diserto a la manera ripollesca. Y no debía de conseguirlo, según le observaba Giner, todo receloso de su vehemencia, y mirando también a su esposa, tan sesgadamente, que las pupilas se le entraron y desaparecieron entre las blandas pieles de los párpados.

Ni respondían a las palabras de Félix. El cual intentó de nuevo deshacer el duro hielo de esos corazones. Les preguntó afablemente si marchaban muy lejos.

Giner sólo repuso que llegaban hasta Almudeles...

—¡Como yo! También yo voy a Los Almudeles...

Y Giner añadió:

—Nosotros seguimos a nuestras heredades, cerca de Posuna.

En seguida murmuró trabajosamente al oído de su esposa. Ella desplegó un periódico y comenzó a leérselo muy despacio.

Ante la malquerencia o frialdad de Koeveld, se redujo el piadoso propósito de Félix. Ya no se atrevió ni quiso decirles que en los contornos de Posuna residía también él todo el verano.

Recogióse en el rincón de su asiento y arrinconóse su espíritu. Aquel hombre se negaba a admitirle en su amistad. Esquivó a los Koeveld. Entonces sólo doña Beatriz habitó dulcemente en su memoria. Extrajo de su cartera un delgado papel de seda azul, y de sus íntimos dobleces un pedacito de pan mordido.

Aquella mañana, cuando fue a despedirse de Beatriz, ella y su hija estaban almorzando. La mirada de Julia le penetró intensamente: él la contemplaba, oía su vocecita aturdida de pájaro en el alba y padecía torsión dolorosísima para vencerse y no imaginarla entre el cendal de luna que había alumbrado la desnuda y rendida belleza de la madre. Y doña Beatriz le hablaba y le miraba como antes, como su "madrina", sin que sus ojos, su sonrisa, su palabra descubriesen y recordasen a la mujer poseída, a la amante sabida en todos los deliciosos misterios. Y Félix, que, viéndola al lado de la hija, tuvo miedo de creerla descendida, desvelada porque la conociera en su secreto de excelsitud y pecado, comprendió entonces cuán inagotable es Amor. Veía a doña Beatriz más deseable y hermosa, y envuelta en nuevas brumas que resistían las más fuertes evocaciones. La contemplaba enteramente, y toda la hallaba distinta y remota de la acariciada. ¡No; no había gozado en la intensidad y en la inmensidad de su hermosura y del amor!

Y él indiscreto les pidió apasionadamente que no se fueran; él, tampoco se marcharía.

Doña Beatriz le reconvino con dulzura.

—Tú, por tus padres y porque necesitas de aquella vida campesina; nosotros, porque así conviene.

Lo frío, sin menoscabo de lo cariñoso, hasta lo vulgar de este consejo, todavía exaltó más al amante. Se levantó para despedirse. Doña Beatriz partía con sus dientes un pedacito de pan como un diminuto terrón de nieves, y Félix, enloquecido, se lo quitó, y volviéndose, lo besó, y aún pudo gustar la humedad dejada por la fresca y encendida boca de la mujer. Beatriz le había sonreído con tristeza...

Ésta era la adorable y gustosa reliquia que ahora tocaba con ardimiento y voluptuoso fetichismo. Y al contemplarla y besarla mucho, notó que sabía a pan viejo, y que la menuda y perfumada huella de los blanquísimos dientes estaba ya seca y rugosa. Y entonces se cumplieron en Félix los avisos del abrasado carmelita Juan de la Cruz, y probó los malos dejos del apetito satisfecho. Mas ¡oh encontrada y movediza condición de este mozo sensual y místico, que con la boca amarga de las adelfas del libro del santo frailecito no se atrevió a detenerse recordando a doña Beatriz para no padecer..., deseándola en vano! Pesadez de hartura y comezón de hambre tejían su mal.

En tanto, la bella viajera seguía musitando la trabajosa lección del periódico; Koeveld dormitaba; de tiempo en tiempo entreabría los párpados, y una pupila blanda, untuosa de pez muerto, se posaba en Félix. Félix, entregado a sus pensamientos, miraba distraído el paisaje. El viejo tren aullaba y jadeaba subiendo un agrio desmonte, desde cuya altura un cabrerizo gritó riéndose y su hato huía espantado como del lobo. La pupila de Koeveld tornaba a cegarse y la mujer leía, triste y cansadamente.

Desde la ventanilla reconoció Félix a don Eduardo, o tío Eduardo, varón muy bondadoso, grueso y pálido, vestido de negro, corbata de tirilla de seda, sombrero de paja morena y de alas tan recogidas, que tenía hechura eclesiástica. En sus manos femeninas o de prelado, siempre traía una caña de Indias con puño redondo de hueso, rajado de caérsele con frecuencia. A su lado estaba Silvio, hijo de su hermana, muy colorado y rollizo, perito electricista que ministraba dos molinos harineros y otro de papel de tío Eduardo. Era mozo de reposado temperamento, hacía maravillas de marquetería y paseaba con graves señores.

Silvio enrojeció más a su primo. A punto de abrazarle se contuvo y apartóse para que primeramente lo hiciera don Eduardo.

Hasta la llegada a Los Almudeles sintió Félix la esperanza de que nadie saliese a recibirle, facultándole este descuido para olvidarse de los avisos de su padre y cenar y dormir en cualquier hospedería y buscar postas que muy temprano le llevasen al retiro de La Olmeda.

Se había engañado, y se apesadumbró; y, sin poderlo evitar, saludólos con escaso afecto.

Don Eduardo, enternecido de alegría, le preguntaba noticias de todos. El gesto de su boca, sombreada por canos y lacios mostachos, dos largos y mojados vellones, recordaba a Félix la expresión de su padre.

-Pero, criatura; hijo mío, ¿qué tienes? ¿Dónde está el bullicio que dicen¿... ¡Para ir al campo mohino y mustio, no ir!

El viajero trabajaba su voluntad por salir de su esquivez, y esta preocupación aún le reducía y cerraba más su ánimo. Es que notaba que en presencia de los felices, de los expansivos, entornábase su contento y hasta se le apagaba la palabra. Ahora no quería hablar, y deseaba quererlo, siquiera por la semejanza con el padre hallada en los labios de tío Eduardo. Y habló aturdidamente; pero ocurriósele al dulcísimo señor nombrar a doña Constanza, y al punto enmudeció Félix, lo mismo que el Roto de la mala figura cuando por la reina Madasina le interrumpió en su historia el antojadizo hidalgo.

Luego se le representó la casa extraña; un gabinete de familia, quizá con alguna tertulia; doña Constanza, desabrida y burlona...

Salieron de la estación y apareció la libertad y hermosura del paisaje.

El espíritu de Félix sumióse en el crepúsculo claro, limpio, pálido, de color de estrella. Entonces ansió besar el pan mordido por su madrina, y hasta tragarlo, comulgarlo y escribirle diciéndoselo y pidiéndole que no fuera a Portugal y Francia, sino que viniesen, que tía Lutgarda les aposentaría a todos con mucha indulgencia.

-¡Mira, mira ese bancal de avena! -dijo don Eduardo cortando las arrebatadas imaginaciones del mancebo-. Pues en su margen nos hemos tumbado aguardando el tren. Temíamos que llegara y te encontrases solito. ¡Mira cómo vamos de hierba y tierra mojada! -y volvió a abrazarle antes de subir a la vetusta tartana.

Y entonces recogió Félix verdaderamente la ternura de aquel pecho amigo y lo trajo a sus brazos. ¡Olía a campo! ¡Olía a tarde! Y su alma pasó a un goce suavísimo.

Saltaba y se atollaba el carruaje. El cochero era un hombrecito seco, buído y moreno como una astilla. ¿Qué alma encerraría tan ruin argadijo? Veíala también Félix hecha de madera, y se angustió. Y en tanto el hombrecito restallaba bravamente el látigo para espantar la nubada de chicos que acudía a la zancajera. No se cuidaba de la bestia. El cráneo del hombrecito, de pájaro rapaz desplumado, casi perdido en una ferocísima gorra de pellejo de liebre, nada más pensaba en alcanzar con la tralla piernas, brazos y posaderas de muchachos. Silvio y don Eduardo murmuraron de la mala crianza de los rapaces de Almudeles. Félix se hubiera tirado del coche para correr y gritar por los campos y subirse también al estribo.

El camino era largo y estaba arbolado. Lejos, las anchas copas de los olmos subían y se cerraban en bóveda negral. Llegaban las huertas hasta las orillas de la calzada, y el manso aire llevaba un grato olor de hierba recién regada, de establos calientes y mieses espesas y maduras.

La quietud y suavidad del crepúsculo, la campesina fragancia, la santa y alada sinfonía de los campanarios que tañían el Angelus, todo emblandeció a Félix, avivándole el generoso contento de amar, y aún le prendió el deseo de hallarse en la temida casa y de hablar como un hermanito con su prima Isabel. Recordaba sus cartas, tan llenas de dulzura y de pureza, que le parecían escritas en el cáliz de un lirio de jardín monástico. Miró a don Eduardo, tan quietecito, pálido y sonriente, y recordó también aquellas palabras de su postrera carta: "¡Mándame a esa criatura y yo te la curtiré en la hacienda que luego no la conozcas de ancha, maciza y sana!" ¡Pobre señor don Eduardo, todo blandura y mansedumbre, y pensaba y prometía curtirle a él!

Entraron en el pueblo por una calle angosta y torcida. Las luces de gas sacaban un estrecho espectro de la bestia del carruaje; lo tendían en la tierra y en las paredes, lo doblaban, lo arrugaban entre las jambas, canales y fenestras, y lo hundían en los hoscos portales. El globo verde y panzudo de un escaparate de farmacia tragóse, como por arte secreta, la fantasma del haca.

Hablábale Silvio, preguntábale su tío. En una luminosa entrada -la del señor alcalde, según apresurada noticia que entrambos le dieron- había un labrador y un guardia. Félix se distrajo mucho mirando el sombrero del collazo, ancho y empinado fieltro, hundido fragosamente. Le recordaba una montaña ocrosa y cavada por fuertes torrenteras, que contemplaba desde el tren y que le había parecido un grandísimo sombrero abollado a puñetazos.

Cruzaron más calles; después una plaza desierta. Los faroles, casi escondidos entre ramas de acacias, producían un suave nimbo, una lluvia de verde frescura. Sonaba el trémulo coloquio de una fuente. En lo hondo de una rinconada estaba la casa de tío Eduardo, viejo edificio con rejas saledizas, enorme balcón corrido y zaguán embaldosado.

Don Eduardo puso a Félix delante de la portera, mujer añosa, alta, flaca y de rendidas espaldas, que ensartaba rosarios para una piadosa Congregación.

Alzóse la mujer muy despacio, asiendo de la punta de su delantal, en cuyo enfaldo estaban los trebejos, las cuentas y cruces de su faena.

-Aquí la tienes -decía su señor al viajero-; desde aquel verano que pasaste con nosotros no descansa de hablar y preguntar por ti. Yo creo que te quiere como si hubiese sido tu nodriza...

-¡Madre santísima! -exclamó ella contemplando a Félix y tocando con sus manos de secas raíces las blancas y señoriles del forastero-. ¡Se ha hecho un mozo como un pino de oro! Descolorido sí que está; pero aún le da eso gracia...

Agradecía Félix la salutación, doliéndose a la vez de no haber pensado nunca en esta efusiva alma. Casi no la recordaba.

Cerca del asiento de la portera comenzó a removerse una tortuga.

Félix quiso verla. Y la mujer se la mostró, murmurando:

-Es mi compañera. ¡Ella y los señores me quedan en el mundo!

Arriba sonaban puertas y rumor de voces.

Don Eduardo llevóse a Félix. Seguíalos el hijo de doña Constanza.

Subieron los primeros peldaños, y la mirada de Félix bajaba enternecida a la buena mujer, que todavía musitaba comentarios y alabanzas, y bendecía al Señor. ¡Oh, gustosamente se hubiera quedado con la humilde tortuga y la portera, que parecía una borrosa imagen de paramento! Levantó la cabeza y recibió la sonrisa de Isabel.

-¡Tu prima, Félix! -dijo tío Eduardo mirándolos con dulce ufanía.

-¿Esta doncella tan linda, tan espigada, es la rapacita a quien yo llamaba por los campos como a una cordera? ¡Yo que me figuraba que aún podría besarte!

-¡Pues bésala, bésala, criatura! -le repuso gozosamente el padre.

Ella, muy encendida y quietecita, levantó su frente al admirado primo. Y Félix puso un beso de hermano en los negros y trenzados cabellos de Isabel. Pasaron a una estancia donde había un viejo escritorio, butacas y sillas de velludo encarnado y cuadros de estampas devotas.

Tío Eduardo sentó a Félix en lugar de preferencia. Dio luz en las lamparitas eléctricas, y con grande alegría pronunció:

-Isabel te recibe llevando su primer vestido largo.

Y una voz delgada y fría como una campanilla de estrados dijo, entre los doseles de una puerta:

-No crea el forastero que vistió de largo la señorita para celebrar su llegada, que no es ése modo de hacerlo, aunque venga delicado, según dicen...

Era doña Constanza, madre de Silvio. Alta, fina; de blancura de viejo marfil; de facciones grandes, altivas, borbónicas; el cabello muy abundoso y levantado como un obelisco cubierto de nieve. Había semejanza en los hermanos; mas don Eduardo tenía la nariz y la boca pequeñas y femeninas, las mejillas redondas y sus ojos dulces y apocados, y en la señora estaba todo el continente brioso y austero. Traía siempre hábito negro y liso, con cíngulos de correa y escudo de plata en el costado.

Saludó a Félix; apagó una de las luces, la del escritorio, y sentóse en la butaca que le cedió don Eduardo.

Félix miraba el vestido de su prima. Los nobles pliegues de la graciosa falda se rizaban y cambiaban obedeciendo con docilidad la nerviosa inquietud de la reciente mujer. Porque Isabel no sosegaba; golpeaba breve y apresuradamente con sus pies la fresca estera de pita; se recostaba, se erguía, descansaba una mejilla en una mano, luego en la otra, y en seguida adquiría nueva actitud, indicios todos de que le sobresaltaba el seguido espionaje de Félix. ¿Se le estaría burlando su primo?

Algo debió de barruntar y leerle el joven, porque, de improviso, le dijo:

-¡Si supieras cuánto me ha impresionado lo de tu vestido largo!

-Quedamos -replicó doña Constanza- en que no se lo puso por agasajo al forastero.

-Mujer, ¡claro! fue coincidencia. Aquello lo dije porque..., vamos..., por... ¡claro!...

Quiso divertir al joven del desabrimiento de la señora, y muy gozoso le ofreció que después tocaría el piano su prima para anticiparle algo del concierto que estaba preparando.

-¡Pobrecita! ¿Un concierto? -exclamó el joven.

-Lo consideras demasiado lugareño, ¿verdad? Vosotros, los que estudiáis y sabéis tantas cosas... Pues te advierto que esa fiesta la organiza la Buena Prensa.

-¿La Buena Prensa?

-Sí; la Buena Prensa. Ya recordarás lo de Sevilla...

-¡No; si yo nunca he estado en Sevilla!

Doña Constanza y su hijo se dijeron, mirándose, que Félix no sabía palabra de lo de la Buena Prensa.

Y Silvio se lo preguntó. Félix no recordaba, no sabía nada.

-¡Pero si eso lo saben los chicos de la doctrina!

Prescindió Félix de las ironías y asperezas de la señora y, volviéndose a la doncella, le propuso salir, después de la cena, al solitario camino de los árboles.

Don Eduardo, abriendo paternalmente los brazos, exclamó:

-¡Criatura, hijo mío, si debes sentirte rendido! ¡Aquello está fosco y muy lejos!

-¡Admirable, tío! Ustedes no vengan si no quieren, que yo solo me basto para custodio de su hija. Iremos. ¡Ya verás los viejos y grandes árboles, qué fantásticos sobre fondos de estrellas, esperando la luna! ¡Iremos como dos hermanitos!

¡Señor, él nunca había tenido hermanas!

El padre consintió.

-Pero ¡qué han de ir! ¡Por Dios!

-No, si yo lo dije..., vamos..., por...

-Y ¿por qué no, señora?

-También lo saben los chicos del catecismo, señor ingeniero...

Isabel, muy calladita, se entretenía pasando por sus cabellos los anillos de oro de sus diminutas tijeras de labor. Su mirada descubría malicias de niña.

De nuevo contemplábala Félix: veía las trenzas de sus cabellos recogidos, subidos en peinado de señorita; reparaba en su larga falda, por cuya fimbria salían descuidadamente dos zapatitos rubios. Halláronse sus miradas; sorprendió la doncella la fina sonrisa de su primo; examinóse toda y recató sus pies.

Y ahora vio Félix que asomaba la mujer en los ojos de su prima y que se alejaba, se hacía misteriosa, y advirtió toda la transfiguración de la carne y del alma de la amiga de su mocedad.

"¡Acaso esta mañana mostraba mi prima las piernas, y desde que prolongaron su falda le cae una rigurosa honestidad hasta su calzado!"

Doña Constanza abrió las cortinas del comedor, y todos salieron.

Acercóse Félix a Isabel y le susurró junto a sus sienes:

-No iremos al camino, ¿verdad? Tu tía no me quiere, y yo me parece que tampoco a ella. ¿Vive con vosotros?

-Casi; vive arriba. Pero sí que llegaréis a quereros. ¡Es que es de mucha seriedad, y como dicen que eres tan atolondrado...!

-¡Yo obtuve de mí mismo abrir las puertas de la alegría de sentirme vuestro, y se me ha quedado el alma "con un disgustillo como quien va a saltar y le asen por detrás, que parece que cumplió su fuerza y hállase sin efectuar lo que ella quería hacer!" -¿Qué le vas murmurando? -preguntó risueñamente don Eduardo.

Y Félix siguió:

-¿Yo atolondrado? ¡Y le hablo a Isabel con palabras de una santa doctora!

La sala del piano era de mucha sencillez: las paredes, enlucidas; el suelo, de viejos manises, blancos y lustrosos; la sillería, enfundada de lienzo, rígido de almidón; los cuadros tenían marcos anchos y lisos de palisandro, y vidrios opacos y verdosos como láminas de agua de mar, y bajo sus cuajadas ondas se esfumaban grabados idílicos de Berghem y retratos familiares. El piano era de un hermoso color de ámbar que hacía transparencia; y en un rincón prorrumpía, de un orondo cuenco de Talavera, una mata de lirios de paño, obra de monjas.

La sala tenía una alcoba muy honda, en la que fue aposentado Félix.

No salieron al camino de los olmos y temprano quedó en silencio toda la casa.

Apenas se recogió Félix, miró cumplidamente las habitaciones, y creyó entonces hallarse muy remoto de su hogar y de su vida, en casa del todo ajena de algún escondido pueblo de Castilla, y de Castilla la Vieja; y tampoco de Castilla ni de España, sino en la casa de algún hidalgo español refugiado en Amberes. "¡Válgame el Buen Ángel!" ¡Y qué de quimeras se le sucedían sintiéndose forastero por enojos de doña Constanza!

Y desnudándose y aspirando las ropas de la alta cama, olorosas de arca, pensaba: "Don Eduardo, o tío Eduardo, tiene grandísima hacienda, según dicen. Es mucho más rico que mi padre. Mi padre es humilde como un aldeano, y, siéndolo, ha permitido y gustado en nuestra casa de una moderada elegancia, que resulta casi rudeza al lado de la que rodea a mi "madrina"; pero esta casa del pobre tío Eduardo parece puesta o arreglada con sujeción a censura o pragmática suntuaria dada por algún severísimo abad. ¡Oh infortunada prima mía, si tú vivieses con Julia y doña Beatriz!"

Acostóse y apagó la vela, de cera rizada como de monumento. Y en el hondo silencio percibió, sobre el lecho de su dormitorio, el cernidillo de una moza que asistía a doña Constanza. Del piano escapóse un crujido, y un bemol se quedó lamentando.

¡Qué pensaría, qué sentiría cuando viniese aquí mi tío Guillermo!

Una carcoma audaz y hambrienta comenzó a morder ruidosamente la cornisa de un armario.

Dentro de la negrura parecióle a Félix que veía acercarse la oscuridad de la sala, todavía más densa, y que al pegarse fríamente a las vidrieras de su dormitorio se producía una sonrisa y una mirada. Y era lo insensato que estaban sin labios, ni ojos, ni cabeza, ni nadie; solos el mirar y la sonrisa, como dos tenues lumbres de fosforescencia.

Y después se apagaron, y detrás de esos embrujados cristales blanqueó un lacio bigote que expresaba inagotable bondad y entristecimiento.

Félix soñaba a su padrino y a tío Eduardo.

Del cual diremos, en tanto que todos sosiegan, que tenía blando y reducido ánimo. Y era su pesadumbre saberlo y no remediarlo, y todavía más triste flaqueza el conocer que otra alma se le subía y le trabajaba la suya, como se hace con la tierna masa para darle la forma de pan que se quiere. De pan era don Eduardo, y doña Constanza las manos que lo heñían, pintaban y cocían.

Naturalmente, era la señora celosa y seca, pero también de mucha prudencia y piedad. Su temprana viudez la hizo demasiado desconfiada, temerosa de que su hijo pudiera malograrse. De todo recelaba y todo la enojaba, bien que sabía vestir el filo de sus intentos con elegante y comedida palabra, quizá aprendida de una pariente suya, prelada del convento de Almudeles.

Cuando murió la espléndida y altiva esposa de don Eduardo se adueñaron de esa apacible voluntad los manijeros de sus heredades, las criadas y hasta la doblada portera.

Doña Constanza, que residía en Gandía, supo esa perdición y trasladóse a Los Almudeles, apoderándose a su vez del ánimo baldío del hermano, para remedio suyo y de la casa amenazada.

Adivinó don Eduardo que le había llegado nuevo dueño y prometióse resistirlo, aunque admitiendo tiernamente su compañía. Vació las habitaciones altas de viejo mueblaje y de la oficina de sus negocios. Y pronto dióse cuenta de que doña Constanza la estaba dando de todo el mando de su hogar y de su vida. Llegó a enfurecerse de su minoría.

Pero tal vez reparó en que la Naturaleza había dotado a su hermana de facciones de mucha firmeza y arrogancia, y que a él le dejara los rasgos dulces y mujeriles. Y el caballero debió plegar los brazos, alzar los hombros, y se resignó.

En cambio, tuvo el inefable gozo de sentirse más fuerte que otra alma: la de su sobrino Silvio, entonces pequeño y ya glotón y mazorral, siempre medroso bajo la cálida y poderosa ala de su madre, que lo empollaba grifándose ante el más leve peligro, como llueca fierísima.

A doña Constanza le asistía también su ministro, un viejo hermano del que fue su esposo, que ejercía de notario en Almudeles, varón flemático, miope y de anchas y copiosas barbas blancas, que cuando se las movía el viento o las escarmentaba con sus manos de santo rudo de piedra, aquel haz de lana parecía renovarse saliéndole constantemente de la boca.

Doña Constanza, después de contender y enmendar alguna empresa o propósito de calzado, de servicio, de viaje, de hacienda de su hermano, solía avisar al notario, y apenas llegaba, prorrumpía la señora:

-¡Pásmate, pásmate! ¿Adivinarás lo que pensaba nuestro Eduardo? Yo no lo apruebo.

-Sepamos -decía el señor consejero, resollando estruendosamente.

Don Eduardo levantaba su tímida mirada a los inquisidores y aguardaba.

En fin, el notario decía su parecer.

-En puridad, sí, hay más conveniencia en el criterio de Constanza... Real y verdaderamente...

Y don Eduardo murmuraba perplejo:

-¡No; pero si yo lo sé; si yo lo dije por..., vamos...! ¿Comprendes?

En seguida le interrumpía su hermana, exclamando:

-¡Me asusta imaginar lo que puede ser el día de mañana si Isabelita se casa sin acierto!

Don Eduardo salía por los corredores tropezando con los muebles y si por acaso hallaba al sobrinito Silvio comiendo azufaifas o madroños, a hurto de la madre, le apostrofaba así: "¿Tú crees que debes hacer lo que haces? ¿Tú lo crees¿" Silvio se ocultaba la cara con los puños cerrados y gemía: "¡Ay tío! ¡Ay tío!" Don Eduardo, asustado, le replicaba blandamente: "¡No! ¡Si yo te lo decía..., vamos..., por...!" Y lo dejaba; la represión estaba hecha; la voluntad del niño había temblado penetrada de la suya. Por lo demás, que Silvio comiese azufaifas y madroños, ¡qué importaba, Señor!

Pues cuando Félix estuvo en la heredad de don Eduardo, sus risas y alboroto y sus rebeldías al duro fuero de doña Constanza asombraban al hermano, y digamos monda y entera la verdad: le dejaban un escondido contentamiento de candorosa venganza satisfecha.

Doña Constanza malogró del rapaz grandes pesadumbres.

Silvio creció, se agrandó, y, no obstante su reciedumbre, era plegadizo y humilde.

La madre y su ministro le pusieron gerente de los negocios de tío Eduardo. Después la señora hizo que visitase con frecuencia a doña Lutgarda, la solitaria de La Olmeda, y Silvio acabó por gobernar también esta hacienda. Quedábale a doña Constanza el cumplimiento de su más alto designio. ¿Con quién casaría a su hijo? ¿Y a Isabelita? ¡Oh, si ellos y el Señor quisieran!

... Dormitando sentía Félix que alguien se le allegaba suspirando como otra tía Dulce Nombre, pero varón.

Abriéronse los postigos de los balcones y el sol pasó locamente, tendiéndose encima de la cama, incendiando la rubia cabeza de Félix.

Irguióse sobre los almohadones de lana -no eran de plumas, como los de su casa y los perfumados de doña Beatriz-, ensanchó los ojos y vio a don Eduardo, que le miraba con amorosa compasión:

-¡Hijo, ya dieron las once! ¡Lástima de mañana! ¡Llevas doce horas durmiendo!

-¡Me han parecido un sueño, tío Eduardo!

-¡Félix, Félix!... Tu padre ha escrito. Tu padre temía que escapases a La Olmeda sin vernos. Hijo, ¿qué te hicimos para que no nos quieras?

Y don Eduardo cuidó menudamente que las felpudas toallas y el lavabo estuviesen limpios. Cruzó las manos en la espalda y alejóse denotando aflicción.

Félix tornó a acostarse y encendió un cigarro.

"¡Qué diría mi hermana -se preguntaba el cuitado tío- si supiese las noticias que trae la carta de Lázaro!" A buen seguro que el mal que de Félix se delataba redundaría en provecho de sus vaticinios y le serviría de razón y fundamento para malquererlo. Porque don Lázaro le confidenciaba a su primo que el viaje de Félix, no sólo se decidiera para salud de su cuerpo, sino también para apartarle y limpiarle de la "amorosa pestilencia" de una mujer, maldición de los Valdivias, "cuyos pies descendían a la muerte y penetraban hasta los infiernos". "¡Gran desdicha!", suspiraba tío Eduardo; y jurándose ocultarla llegó al aposento del viejo escritorio y hallóse con su hermana, que, de improviso, le salteó el secreto, diciéndole:

-¿Tuviste carta del padre de Félix? Isabel conoció la letra de Lázaro.

-Carta, carta tuve, y de Lázaro, de Lázaro...

-Pues nada habías dicho. Grave asunto será el suyo cuando te lo escondes.

-¡Mujer!, yo no te dije nada por..., vamos... Tómala, tómala...

Leyó la señora, y palideció, y sus labios se doblaron con una sonrisa de tristeza y desdén.

-¡Amancebado con la querida de su padrino!

-¡Jesús, mujer!

No pudo seguir porque recibieron un remoto sollozo del piano.

¡Isabel tocaba y Félix todavía no saliera de su habitación!

Doña Constanza quiso fiscalizar y reprimir tanta ligereza.

Juntos halló a los dos primos.

-Fuera te aguardan, Félix.

No le dejó salir Isabel sin que antes bebiese la copa de leche que ella misma le trajo y tembló con cuidados de enfermera.

Don Eduardo, obedeciendo a su hermana, recibió al sobrino como un maestro malhumorado.

-Pero ¿qué os sucede? ¿La tierra sólo está poblada de tías Dulce Nombre y de doña Constanza? ¡Por Dios, que parece que todos me decís aquellas terribles palabras de Jesucristo!: "¡Toma tu cruz y sígueme!" Pero ¡válgame el Buen Ángel!, tío Eduardo, que todo es cargar los hombros de cruces y no es posible seguir a nadie.

-¡Félix, Félix!

Félix se marchó.

A poco vino Silvio, luego doña Constanza.

-Ya dejo estudiando a tu hija. Tenía olvidado el concierto. Y... él, ¿salió?

¡Él! Por momentos se perdía, le alejaban a la pobre criatura de este hogar. ¡Señor, don Eduardo le quería, adoleciéndose paternalmente de su pecado! Hubiera llorado; mas le contuvo la suprema, la importante varonía de su hermana.

Llamaron a Silvio desde el recibidor.

Pronto volvió con graves y estupendas nuevas; que Félix se marchaba a La Olmeda aquella misma tarde; y que no comería en casa.

-¡Señor! -suspiró tío Eduardo, y se oprimía con las manos su pálida y redonda cabeza.

Doña Constanza le miró altivamente.

En la entrada, recibió Félix la salutación de la portera.

La tortuga, cayéndose y empinándose, terca y lenta, trabajaba por subir el peldaño y marcharse de vagar en la acera, para llenar su helada concha de día cálido y glorioso.

Félix, violento por la poquedad y acritud de las almas, cometió la sinrazón de aborrecer al pobre galápago, y hasta lo malsinó, y enfurecióse consigo mismo, porque tuvo un fugaz movimiento piadoso de darle auxilio para que trepase... y no pudo querer.

Pasando bajo las acacias de la plaza, y viendo la pureza del azul entre las celosías del follaje tierno y florido, su ánima se conmovió. Dos abejas rasaban los copos de flores de una rama dulcemente doblada. Las abejitas parecía que miraban al hombre; y luego, trémulas y sonoras, como notas aladas del manso viento, se cernían delicadamente en los blancos racimos. Ya calladas, iban sumergiéndose en el casto y fragante misterio.

Las envidió Félix; imaginóse gustando miel dentro de una flor grandísima y blanca que olía a mujer. Doña Beatriz, Julia, la triste esposa de Koeveld, la casta figura de su prima, se le aparecieron envolviéndole.

De tanta ansia de dicha, sentíase dichoso, como redundado de su deseo. Hubiese querido salir en seguida de ese pueblo mustio y callado, y hender excelsamente el paisaje con vuelo de ave libre y fuerte...

Desde el portal de don Eduardo le miraba la tortuga. Félix, le vio dos lumbrecillas en los ojos. ¿Se burlaría de él?

No se reía, no se burlaba de él. La tortuga, muy quietecita, estaba devorando una mosca, que tenía las alas quebradas.

Era la dorada siesta. Había un hondo silencio, y en él se derramaba una blanda llovizna de grititos de los pájaros ocultos en los follajes, y el fresco estruendo de los caños de la fuente, tan encandecidos de sol que semejaban varas de plata. Félix oyó retumbar sus pasos en todo el ámbito de la vieja escalera.

Entró en el escritorio. Sólo le aguardaba Silvio, que para divertir la somnolencia golpeaba un globo de cristal que, al tocarlo, se llenaba internamente de una espesa cellisca, y el país de bulto de su fondo quedaba nevado, desoladísimo. Era de grande recreación para Silvio estremecer este pisapapeles. Félix también lo movió.

Avisóle su primo que en las afueras esperaban las bestias, y que ya se llevaron su equipaje.

-¿Luego no viajaremos encerrados, sino que iremos en postas, mirando libremente los campos?

-¡En postas! -prorrumpió pasmado Silvio-. Son jumentos.

¡Qué importaba la humildad de esos animales!

¡Ya Félix sentía bullirle la vida, fuerte y gozosa, como el sol se difunde y palpita por la mañana en el mar! Su sangre le dejaba en toda su carne un generoso riego de alegría.

Apiadóse de tío Eduardo, de Isabel, de Silvio, de tía Constanza, de la portera, de la tortuga, del tormentoso y solitario pisapapeles. Los amó. Quiso abrazar a don Eduardo y a su desjugada hermana.

Le dijo Silvio que estaban reposando y que no osaba despertarlos.

¡Qué lástima que las almas no coincidiesen, siquiera un momento, en el amor!

-¿Y todos..., todos duermen?

-No sé. Me pareció antes que estudiaba Isabel, muy pasito.

Félix desapareció en las penumbras de los corredores. La sala blanca estaba entornada. Llamó. vio a su prima junto al vano del balcón, cerrado sólo con puertas de celosía. Pasaba la luz teñida de verde por el ramaje tierno de una acacia, esparciéndose sobre la cabecita de Isabel.

-¡Te marchas de veras! -la voz sonó mística en el recogimiento de la estancia.

Encima de la repisa de una imagen de Nuestra Señora de Lourdes derretía su perfume una vara de nardos.

Félix apiadóse de sí mismo, porque no había sabido sentir el latido de esta vida, cuyo recuerdo aletearía ya siempre sobre su alma. Sumido en la paz de este aposento, lleno de la fragancia de los nardos, que le suavizaban el corazón como un ungüento precioso y sagrado, parecióle aspirar la boca y el corazón de la doncella y aromas de pureza que manaban de todo el recinto; y olvidóse de su viaje. Percibía una íntima caricia, un blando vientecillo que le refrescaba, que le mitigaba de la escondida brasa de sus pasiones.

Vino Silvio. Y Félix oprimió las pálidas manos de Isabel, contempló el piano, y dijo enternecido:

-¡Qué poco te he oído!

Ella, sonriendo, contristada, le repuso:

-¡Y yo, qué poco te he visto!

Creyó Félix que las palabras de su prima descendían de lo alto, como una gracia del Señor. Y arrebatado, transido de dicha y de congoja, huyó por no llorar.

Bajaba con locura los peldaños. De súbito, sus pies hirieron algo recio y vivo que cayó rebotando en las losas.

-¡Oh la tortuga, la pobre tortuga!

Su dueña gritó angustiosamente. Y Félix pensó un instante si no le acompañaba algún maleficio. ¡Siempre estaba ansioso de alegría, y en todo dejaba una ráfaga de tristeza, de infortunio, que alcanzaba a un ser tan sosegado como la tortuga!

La tortuga rodaba sobre su corteza; asomaba con grande ansia su aterrada cabecita, chata, de sierpe, y su cuello se retorcía fláccidamente, pareciendo que fuera a salirse y desprenderse, y con las patitas arrugadas, cuya piel le estaba ancha y larga, buscaba muy afanosa el suelo.

Félix la cogió, la tuvo en sus manos, mirándola, mirándola, y después la puso en el regazo de la portera:

-¡No se ha hecho nada! -gritó con júbilo de chico.

Y salió, y lo doró el sol de la tarde.

Delante iba el recuero cuidando de la acémila. Silvio y Félix montaban asnos gordos y dóciles.

Dejando el camino real, tomaron el angosto de herradura que va a Posuna, trepando valientemente por la serranía. Subidos al puerto de Almudeles, volvió Félix la mirada al pueblo, que se veía rudo, roto, aplastado. Por la estraza y el blancor de muros, tejados y tapiales asomaban los macizos de árboles de los paseos de algún claustro o del huerto de un casón señorial. "¿Cuáles serían las acacias que sombreaban la residencia de don Eduardo¿" Y se las indicó la mano sudada y morena de Silvio.

De los ojos de Félix voló una larga mirada de piedad para su prima, que se marchitaba en la eterna siesta de su encerramiento. Isabel sólo tenía la contemplación de la plaza de musgo y sol, por donde transitaría algún mendigo lisiado que se postra en los portales a devorar una escudilla de comida fría, o cruza algún capellán, cayéndosele el manteo de tan apresurado por buscar el sosiego umbroso del archivo de la Abadía. Y apagados sus pasos resurgirá el rumor de los chorros de la fuente, tan altos y cuajados de resplandores como las varas del palio de la Custodia.

La compasión acuitaba al viajero. Es que imaginaba que al otro día viviría lo mismo la doncella, y siempre. En invierno, las acacias desnudas, atormentadas, se doblarán por los vendavales, que hacen temerosos aladros y arrebatan las serojas, que pudren su oro en las aguas de la pila. Pasará un leñador brumado por la carga de enebros recién cortados del monte. Isabel ansiará esa cumbre desde donde se goza la visión del mar infinito y pálido de los cielos y de tierras desconocidas, remotas y azules.

Y ahora, en verano, cuando el sol se va hundiendo redondo, grande, con hervores de ascua, y suena algarabía de pájaros que vuelan a la querencia, y las acacias regadas embalsaman, Isabel soñará algo más amplio que la plaza, más dulce que el perfume de la tarde. La puerta de la salita blanca se ha abierto, y para poder dar consolación a los escondidos anhelos de esa virgen, viene el señor notario, tía Constanza y Silvio. Y estos mismos penetrarán mañana en este rigoroso y cristiano gineceo. Y el señor notario, doña Constanza y Silvio son las únicas figuras que pueblan el mundo de aquella alma, siempre trémula como una rosa estremecida por una seguida brisa. Y entre tanto, el padre vaga por los hondos corredores; la portera dormita o engarza abalorios, fija en el portal, como imagen de piedra corroída, y la tortuga atraviesa el blanco desierto de una losa.

Todo se lo fingía Félix, angustiándose. Volvió a su corazón el suave recuerdo de la despedida... "¡Y yo qué poco te he visto!" Y vio estas palabras, hechas de rasgos de luz, en toda la tarde: sobre el cielo, sobre los montes, dentro de la arboleda, conmoviéndole de contento y gratitud.

Despertó a su asno, que tropezaba y se dormía.

-¡Aquella criatura, Silvio! ¡Pobrecilla!

-¿Qué criatura dices?

-Isabel. ¿No te da lástima?

-¡Pero si hace y tiene cuanto quiere!

-No, Silvio, no. Se aburre en su soledad; se aburre, aunque no lo sepa.

-¡Lo que tú quieras! -exclamó riéndose su primo. Y le dio un cigarrillo muy estrecho, diciéndole que se los hacía su madre.

-¡Qué rigidez, Silvio, hasta en los cigarros! ¡Es muy cabal tu buena madre!

-¡Huy, el talento que tiene! -añadió el arriero, avivando con un soplo la lumbre de la yesca.

Transpuesto el collado de Almudeles, ofrecíase todo el valle de Posuna, ancho, gozoso de abundancia y de luz; en lo más hondo y llano, por tierras pradeñas y almarjales, pasaba un amplio río, de aguas lentas, calladas y resplandecientes, espejo de chopos y salgueros que, en el confín, se desvanecían entre nieblas azules. El sol se acostaba en la tierna pastura y encima de las frondas, tan frescas, tan viciosas, que daba deseo de abrazarlas, de apretarlas para que se fundiesen en jugos olorosos de vida y beberlos. Estaban las cumbres llenas de claridad y parecían nuevas, jovencitas, y que el cielo bajase a descansar y reclinarse en los montes.

Aunque la senda era ruin, tendíase entonces por suave lisura de la serranía, y los ojos de los viajeros podían descuidarse deslizando la mirada, que se llevaba y expandía el ánimo hasta las alumbradas altitudes o retozaba en las blandas alfombras de los prados.

Creíase Félix henchido de inmensidad y que transpiraba azul y luz de la tarde. Y pensó: "¡Mi pobre carne, hecha de barro, qué bien rezuma el frescor purísimo y delicioso que va recibiendo el alma! ¡Que somos de arcilla!... ¡Oh humana alcarraza, qué llena de goces podrías estar si no te rajasen ni te deshiciesen de seca!"

Debajo de una peña salió espantado un lagarto, cuya escamosa piel tornasoló lujosamente. El recuero lo alcanzó, partiéndolo de un varetazo. Murió la alimaña retorciéndose, y el rabo se alzaba vivo, fiero y ensangrentado, hasta que un jumento lo aplastó con la misma indiferencia que un hombre.

"¡Un lagarto desrabado y muerto! -se dijo Félix-. ¡Y esta desgracia le avino porque pasamos llenando las humanas cántaras de todas esas bienaventuranzas que antes me estaba yo diciendo!"

Doblado un alcor, todo erizado de renacientes carrascas y aliagas, acogíase el camino a la montaña. Desde muy alto bajaba apretadamente el pinar viejo y rumoroso. Y cuando penetraron en el espeso bosque parecióles que toda la tarde se nublaba. Aquí descansaron.

El generoso olor de las ramas y de los grandes troncos, que goteaban la resina, blanda y dorada; el suelo enmullecido de pinocha, que tejía una red tostada y resbaladiza; la quietud, la penumbra, los claros del boscaje, que eran ventanitas azules por donde la luz descendía muy despacio y cernida; la perennal sonata, suave y profunda, del pinar, que parece guardar los rumores de todos los vientos pasados, como la concha el estruendo de las olas y el hervor de las espumas que la tuvieron anegada; toda la recogida de los árboles y la contemplada bajo su ámbito, sutilizaron y fortalecieron la de Félix. Verdaderamente mantenía con la Naturaleza un íntimo y claro coloquio, semejante al del alma mística con el Señor.

Silvio y el trajinante lo contemplaban cansados y admirados de su silencio. Y él, temeroso de que fuese el suyo un embelesamiento demasiado egoísta, levantó la cabeza de la raíz del pino en que descansaba y, sentándose en el flagrante alhumajo, les dijo:

-Queréis que prosigamos, ¿verdad? Bien; pero antes decidme: ¿no sentís una alegría muy suave, una salud intensa, nueva, como algo vivo que os anda por el corazón? ¿Verdad que parece que respiremos y que comamos pino y espliego y de ese trigo aún verde, revuelto de tan vicioso, y que bebamos con los ojos azul, inmensidad, silencio¿... ¿No os sucede lo mismo?

No les sucedía lo mismo.

Silvio le repuso:

-¡Esto te cansaría, Félix!

Y añadió el arriero:

-Sí que es verdad, señor Félix. Si recorriese esto como nosotros, bien se hartaría de comer con los ojos el candeal y todo eso que se le antojara.

A Félix se le apagó su venturoso ardimiento, como si su ánima también se hubiera entrado debajo de unos árboles espesos.

Le remedió mirar la sierra, que se tornaba esquiva, muy abrupta. Se alzaban macizos de peñascales amenazadores, y a su abrigo nacían jirones de hierbecitas atusadas, como húmedos terciopelos. Pronto se relajaba la ladera, hundiéndose en fragoso barranco. Hasta el abismo bajaban los frutales y la viña. Precipitábase también el camino a lo hondo; el suelo estaba tierno y alagadizo, y aspirábase una tibia humedad, un hálito de termas; la umbría era pavorosa, y de súbito brotaba la lumbre azulada y viva de la tarde de la altitud, copiada en un manso regato. Cerca alborotaba un manantial, que caía rompiéndose, doblando zarzas y junqueras invasoras, inundando la vieja raigambre de los chopos que subían muy gentiles, y arriba, sobre el azul, se estremecían jovialmente las hojas.

Otra vez se levantaba el camino, audaz, impetuoso; parecía temblar, animado, vivo. A su lado trepaban las cepas; un liño de majuelos tiernecitos, recientes, retorcían sus verdes sarmientos en la orilla de la senda. Félix les sonrió, porque antojósele que con los bracitos abiertos y levantados le pedían ayuda para salir y pasar al otro lado subiendo con las cepas madres por lo libre y llano de la montaña.

Era más placentera, después de la angostura, la serena y dilatada visión del valle. Ya bajaba el sol, y su luz cansada traspasaba la viña y penetraba en lo recóndito de los pinares dorando el suelo, y algunos apretados verdores se apagaban hoscamente. El perfil de las sierras parecía labrado por un cincel finísimo, y junto a sus claras cumbres el pedrizal se desgranaba, vertiéndose en lágrimas de oro por las rugosas mejillas de estos buenos colosos de soberana senectud.

Contempló Félix las cimas y se le figuró que bajaba el cielo, dulce y pálido, sobre su frente. Es que veía muy cerca el azul; lo veía profundo y blando; creía penetrarlo. Y el silencio lo envolvía, lo culminaba todo; el silencio era todo. Félix imaginaba palabras y pronunciaba despacio: seriedad, buena prensa, porvenir, y se le deshacían sin dejar huella en el pensamiento. ¿Y era posible que en otros sitios del mundo se pensara agobiosamente y hubiera gritos, estruendo, codicias? ¡Si la vida sólo debía ser esto grande, leve, augusto, callado! Y cuando con más encendimiento apetecía ser él también inmenso y leve, trocándose en azul, en boscaje, en silencio, en todo, en nada, y sentía desbordada el alma, cayendo en espacio infinitos, como un torrente despeñado que nunca hallase madre..., el trajinero o Silvio le gritaban "que tuviese cuidado y mirase a la senda". Es que la senda cometía una atrocidad retorciéndose rauda y loca encima de otro abismo.

"¡Qué modo de gritar el de esa gente!", se decía Félix, y hasta los culpaba de la violencia del camino.

-¡Posuna, señor Félix; ahí lo tiene!

El pueblo había surgido reposando en un otero, entre negrura de árboles. Las últimas casas estaban enrojecidas de sol poniente; una alta ventana era de llama, y al lado, por un muro viejo, desbordaba al alborozo de una parra. Subían blancos y tranquilos los humos de los hogares aldeanos. Llegaban débilmente algunos gritos jubilosos de los chicos que salen de la escuela y juegan en la plaza o van al ejido; en los portales están sentados los abuelos, teniendo cuenta de los pollitos que andan al amor de la madre, picando los guijarros y las migajas de la merienda de los nietos menudos de la casa, y, mientras, las mujeres encienden fuego de sarmientos muy olorosos para cocer la comida caliente del marido.

Toda esa hora del crepúsculo, tan suave, de tanta pureza y resignación, en que nuestra vida se sosiega en un santo remanso de sencillez, la recogió Félix puerilizándose su alma hasta imaginarse chiquito, como muchas veces le ocurría, y sentir su frente acariciada por la mano buena de su padre, de tío Eduardo, y repentinamente la mano hacíase de luz y de río, y era de tío Guillermo. Félix pudo vencer este tránsito de la paz campesina a la trabajosa ansia de la quimera.

Se detuvieron para mirar Posuna. En la vieja torre, locamente rodaba una campana. Debía de ser pequeña, por lo delgado y rápido de su tañido. A Félix le pareció que tocaba sola, y aunque le aseguraron, riéndose, los otros que quien tocaba era el campanero, él lo veía todo tan callado y recogido en el regazo de la tarde, que se maravillaba de que hubiese ningún pobre hombre braceando para voltear una campana. Y porfió negándolo.

De estas peregrinas palabras recibían mucho gusto sus acompañantes; pero le observaron y se miraron ellos con grande asombro.

-Mañana hay fiesta en la parroquia de Posuna -manifestó el recuero-. Todos los años la hacen en el primer domingo de junio.

Y Silvio añadió que esa fiesta religiosa se celebraba en la capilla familiar de los Valdivias, sufragada por tía Lutgarda.

Luego le mostró la hermosa heredad de don Eduardo, que alteaba en la opuesta ladera, y sus tierras descendían hasta el cementerio.

-¿Dónde está el cementerio? -preguntó Félix.

-Allí -le repuso Silvio tendiendo su brazo.

-¿Allí, dices? ¡Si aquello sólo es arboleda!

-Arboleda; sí, señor, que es arboleda. Son cerezos, y dentro está el fosal, señor Félix. Las mejores cerezas del terreno y las más gustosas. ¡Ya ve si pueden chupar de toda abundancia! ¿Qué le parece?

-No te espantes, que no las comerás -le avisó su primo-; aquí nadie las cata; las llevan a Argel y a las fábricas de jarabes, y si sobran de la cosecha las dan a los cerdos.

Dejaron el camino para seguir el del angosto valle de La Olmeda. Bajaba, ahocinándose, otro río que iba a dar rendidamente en el río padre y caudaloso de Posuna. Las nogueras, las hierbas de las acequias y manantiales, que bullían escondidamente, daban un tierno olor de zumos. Las montañas se acercaban amenazadoras, destacando fragosos berruecos ceñidos por viejas y melancólicas coronas de almendras rotas. A trechos se desgarraba la serranía, apareciendo el júbilo del cielo ilimitado, libre. Ya temblaban algunas estrellas.

Encumbrado, se asomaba al camino un casal tan blanco que parecía reliquia de la nieve olvidada por el invierno en la umbría del monte, y entre sus frutales surgió la sombra de una mujer; detrás, lentamente, se movía un hombre.

-¡Koeveld, es Koeveld! -exclamó Félix.

-Es el señor Giner -le dijo Silvio-. Debes de conocerlo; además de esta finca de placer, tiene otras heredades en este contorno.

Ya el paisaje quedó en hosca soledad. Penetraron los viajeros bajo los olmos bravíos y centenarios. Latieron feroces dos mastines. Apareció la foscura de la noble casona. En las eras, tan grandes como plazas de un lugar, había gentes con luces que proyectaban espantosamente sus sombras y las fantasmas de los almiares y de un ciprés afilado como una aguja gótica de abadía.

Saltó Félix de su jumento. Tía Lutgarda le esperaba, y al abrazarla se contuvo; ¡era de tan delgada y mística figura...! Un labriego les acercó su vieja linterna.

Tía Lutgarda puso sus frágiles brazos, bracitos de niña enferma, en los hombros del sobrino. Lo atrajo, y se estremeció toda.

-¡Oh hijo!...

¿Qué tenía, qué tenía la señora? Todos se lo preguntaron con grande reverencia.

Y ella, mirando al sobrino, balbució:

-¡Creí un instante que había resucitado Guillermo!

Fueron entrando. Cerráronse las ferradas puertas con recio estruendo. La paz de la noche quedó rota mucho tiempo por el fiero ladrar de los mastines; otros perros lejanos respondían, y un autillo que moraba en la flecha del ciprés voló medrosamente a los más remotos álamos del río.

Una autorizada criada, redonda, lardosita, encendió la lámpara de bronce de la sala, cuyas rejas se abrían frente a los almiares. Y Félix vio, aterrado, que por las blancas y lisas paredes se precipitaban las sombras de dos piernas enormes unidas en los pies y de un cuerpo colgado y retorcido. Luego los espectros quedaron fijos en el muro.

Volvióse, y halló un Cristo muerto en la Cruz, encima de unas andas.

-¿Miras la santa imagen? ¡Es el Cristo de Posuna, tan milagroso! Pero ven, descansa.

Tía Lutgarda lo llevó al estrado, que era de paño rancio muy rico, de color de oliva. Ella se puso al lado, y Silvio sentóse en la butaca, cerca de una mesita vestida con haldas de lo mismo del sofá.

La criada trajo en copas de figura de cáliz un delicado refrigerio de naranja. Sin alzar la mirada, preguntaba menudamente a Félix del viaje, de sus padres, de tía Dulce Nombre.

En tanto, la señora movía el azúcar del refresco, acercaba las servilletas, blanquísimas y rizadas como pellas de leche, olorosas de cómoda o armario de fragantes maderas. Tía Lutgarda se levantaba para entornar la luz de la lámpara, para cerrar un libro de devoción y dejarlo en las andas, para poner en el centro mismo de la mesa un ramo de flores que estaba ladeado. Y tía Lutgarda no producía ruido; parecía deslizarse descalza. Todo en ella era recogido y suave. Aunque no llevaba hábito ni tocas monjiles, monja semejaba. Traía ropas negras de mucha austeridad. Hacía voz delgada y queda, como si al lado hubiese enfermo reposando. Y siendo tan hacendosa y trajinera que todo lo repasaba y tocaban sus manos lisas, transparentes, dejando en las cosas un sello y aroma de perfección, lo hacía tan blanda y calladamente que acariciaba y adormecía.

Félix recibió esa dulce virtud que emanaba de la señora. Se hundió en dejadez, y en su ilusión de que era muy pequeño, muy débil, un niño dormido, y que aquellos pasos silenciosos y aquella habla apagada eran sólo cuidados para él, para no quitarle de su regalo y adormecimiento.

Miraba a tía Lutgarda, y la frente de la señora, blanca, grande, más ancha que las mejillas secas; el cabello partido en bandas grises y lucientes, los pómulos enrojecidos, los ojos claros, muy escondidos por la flaccidez de los párpados; la nariz, una línea de hueso; la boca, una línea de rosa pálida; el busto, rugoso, toda la señora la veía dentro de un marco, estampada en lienzo.

-Es que no tiene costumbre y está rendido -oyó que musitaba esa rancia y esfumada pintura.

-¡Sí que es de veras! ¡El sol, el camino! -murmuraba la criada.

Hablaban de él y oía las voces muy remotas.

-¡Yo, no; yo no estoy cansado! -se escuchó a sí mismo, también desde muy lejos.

Y como las mujeres insistieran, él sostuvo que lo juraría.

-Hijo, no jures, no jures, pues estás rendido.

Y se lo llevaron al comedor. Y Félix decía:

-Lo que me parece que estoy es encantado de tan a gusto.

-¡Es Guillermo, lo mismo que Guillermo para agradar!

-¡Dulcísimo, que sí que es de veras, señora! ¡Es don Guillermo, don Guillermo!

Entonces Félix emergió de su sueño. Otra vez el nombre de su padrino volvía su alma hacia un hundido pasado de bellezas y lacerias románticas. Recordó lo que oyera en su hogar de tía Lutgarda, cuando la noticia de la muerte de Guillermo llegó a La Olmeda.

Tía Lutgarda, antes gentilísima, fina y cándida como las azucenas, lloró mucho y enfermó, y su primorosa belleza fue consumiéndose en la brasa del padecimiento. Amaba y veneraba a su esposo, don Pedro, como a un iluminado cuya alma era morada de Dios y que la hacía meditar en la eterna vida. El hermano, Guillermo, le atraía el pensamiento a vida misteriosa y temida de un mundo de pecado, de muerte, pero triunfal y de quiméricas hermosuras. Llegó el fin del esposo, y presintiéndolo, el piadoso varón hízose llevar al monasterio de Benferro, protegido siempre cuantiosamente por La Olmeda, y allí, rodeado de toda la comunidad, asperjado de agua bendita, muy ungido, besando santas reliquias y oyendo salmos y deprecaciones, rindió su espíritu al Señor. Bajaron el cuerpo a la iglesia, y sólo entonces pudo verlo la esposa y besó los pies del muerto como una penitente.

Las gentes murmuraron que había llorado más a don Guillermo que a don Pedro.

Durante la cena -casi toda de aves, tan pulcra y exquisitamente guisadas y servidas que más bien parecían ofrendas de religioso holocausto- hablaron mucho a Félix de su casa, de la de don Eduardo y del concierto de la Buena Prensa. La criada, que imitaba en la palabra a su señora, tuteaba a Silvio, y cuando mentaba a Isabel no le daba título de señorita, sino que le decía Belita nada más, diminutivo usado por tía Lutgarda y que ya hizo la santa madre Teresa de Jesús para nombrar a una predilecta novicia, todavía rapazuela muy graciosa, hermanita del padre Jerónimo Gracián. Bueno; pero esto no se dice que lo supiera doña Lutgarda.

La criada llamábase también Teresa, y, según se ha dicho, era mujer colorada, rolliza, mantecosa, de cabeza menudita; tenía la boca hundida, acaso del mucho besar altares y losas del templo, y se pasmaba, se sobresaltaba de cualquier poquedad.

Imaginaba Félix que Teresa sería doncellona, porque no lograba fingírsela sonriendo enamorada y placentera a hombre alguno. Le parecía freila o fámula puesta al servicio y compañía de esta señora-monja.

Salió Teresa por otra vianda. Preguntó Félix, y supo que la buena mujer sí que conociera varón, y aún más, pues estaba dos veces viuda.

"¡Válgame el Buen Ángel! -pensó Félix-. Y ¿cómo serían estos hombres¿"

El primero, quizá un criado de colegio de religiosos, macizo y rasurado, con larga blusa y recios zapatos heredados de algún padre de la comunidad.

Pero ¿y el segundo marido? Por fuerza debió de ser también fámulo o demandadero de convento. No acertó Félix. Sonriendo templadamente, le dijo tía Lutgarda que entrambos fueron mozos de Posuna, hijos de labradores acomodados. Vino Teresa y callaron todos. Y como no quisieron probar un guiso de pernil que aquélla trajo, se sirvieron compotas y rubios melindres bañados en miel y un canastillo de cerezas, grandes relucientes, que descansaban sobre hojas de su mismo árbol.

Toda la mesa pareció regocijarse; en cada fruto encendía la lámpara un rubí húmedo.

Así como un guante, una cinta o listón, un pañuelo o el perfume predilecto de la mujer amada nos presenta su imagen, según dijo Binet -y aunque no lo hubiese dicho-, aquella colina de jugosa fruta y el verdor del cerezo dieron a Félix la visión regaladora del paisaje. Se le atropellaba la ansiedad de contemplarlo y gozarlo.

Y dijo:

-No descansaré hasta que pueda ver todo este campo, de tantos recuerdos para vosotros y para mí de tan santa emoción.

Tía Lutgarda suspiró enternecida y quedóse mirando sus manos, cruzadas sobre los manteles.

Silvio quiso ponerle cerezas a su primo. Y no lo permitió Félix, pidiéndoles que antes se sirvieran ellos para después poder entrar sus manos libremente por aquella grana joyante y olorosa.

-Hijo, no merecen estas cerezas tu entusiasmo. Son las más tempranas y las más ruines. Más adelante las tendrás riquísimas.

-¡Qué cerezal, tía Lutgarda, el de Posuna! ¡El del cementerio ya resulta negro de tan apretado!

-Come sin recelo, que estas cerezas no son de este paraje, y están recién cogidas.

-A mí me es igual que sean de allí.

-¡Dulcísimo! -gimió la criada.

-¡Félix, Félix! -exclamaba la señora.

-¡No lo digas más! -imploró Silvio.

La marchita boca de tía Lutgarda se había doblado, manifestando repugnancia. Pero de súbito dulcificóse su cansada faz, levantó los ojos, siguiendo el vuelo de un recuerdo, y exhaló:

-¡Oh Félix, qué impresión tan inefable tuve en Roma cuando tu tío Pedro me dijo que en los jardines del Santo Padre había visto un cerezo!

A Félix se le resbalaba entonces por el paladar el agridulce zumo de las cerezas. Y aspiraba con avidez el olor de un grupo de las más gordas y encarnadas. Era dichoso puerilmente, y hasta imaginó suyos los sagrados jardines del Vaticano.

Doña Lutgarda proseguía:

-Nada en la tierra es comparable a la aparición del Papa ante los romeros. ¡Oh Félix, si hubieras visto a aquel viejecito que, al mover su mano para bendecirnos, daba verdaderamente la vida de la gracia! ¡Dios mío! Se nacía otra vez, y con llanto de un goce nunca sentido. Nosotros, los peregrinos españoles, alcanzamos un don precioso que jamás se olvida...

Doña Lutgarda tenía la mirada en venturoso arrobamiento. Palidecía intensamente. Acercóse la copa a sus delgados labios; nada más los humedeció. Luego dijo:

-Tú ya sabes, Félix, que al Sumo Pontífice se le besa...

-Sí; el pie.

-No, hijo mío; la sandalia.

-Bueno, es igual.

-¡Qué ha de serlo! ¡No lo digas más! -le reprendió, sonriendo, su primo.

-Pues nosotros le besamos la mano. Hubo audaces y codiciosos que dieron dos y tres besos en aquella mano que parecía de mármol, de tan blanca, fina y helada. ¡Qué emoción! Besamos a Dios mismo.

Todos contemplaban a la señora. Entre las rejas había pasado una luciérnaga; subióse al cestillo de la fruta, dejando en la púrpura húmeda y jugosa una gota de esmeralda.

Fuera sonaron broncos ladridos y un trueno retumbó en toda la noche, trueno blando, hondo, repetido, que casi quedó sepultado por muchas voces recias que gritaban:

Salve, Virgen pura,

del Cordero madre.

Salve, Virgen bella,

esperanza nuestra.

¡Salve, salve, salve!

Y esta letrilla, compuesta por un curioso cancionero de Posuna, pareció que la entonaban gigantes o las mismas cavernas de las montañas.

Doña Lutgarda y la dueña Teresa repetían compungidamente: "... esperanza nuestra. ¡Salve..., salve..., salve...!" Y suspiraron al signarse.

Después se levantaron todos y salieron al vestíbulo.

Abiertas las ventanas, puertas de fortaleza, claveteadas, gemidoras y enormes, resonó en las eras el bullicio de la muchedumbre. Relumbraban dos faroles ciriales. Un estandarte de cofradía se torcía sobre los hombros de un viejo que aullaba al reírse.

Félix, doña Lutgarda y Silvio se recogieron en la sala de las andas. De nuevo cruzó por las paredes la sombra del Señor. Ya entonces había vuelto la furia del bombo, y las voces rezaron la letanía, haciendo un temeroso rumor de oleaje.

Por mandado de la señora, el viejo cachicán de La Olmeda abrió las hondas bodegas, y un vaho de humedad, de toneles rancios, de piezgos y de lagares se esparció por todo el ámbito de la inmensa entrada.

Tía Lutgarda contaba al admirado Félix que esos rústicos cantores venían las noches de los sábados desde Posuna, y cruzaban los campos pidiendo para la fiesta de la Concepción, en diciembre.

-¿Y andan con bombo, pendón y ciriales por esa estrecha senda sin descalabrarse?

-Hijo, ¿y eso te maravilla? Pues por el mismo caminito llevan y traen estas pesadas andas para las procesiones de Semana Santa.

-¿Y no caen rodando por esas barrancas?

-¡Hijo, rodar! ¿Qué quieres que ruede?

-¡Toma! Las andas, los hombres, las luces, todo.

-¿La Cruz había de caer y rodar, hijo mío?

-¿Dice de Nuestro Señor? ¡Dulcísimo! ¡Calle, calle! -le imploró, espantada, la viuda Teresa.

-¡Qué pensamiento, Félix! -murmuró Silvio-. ¡No lo tengas ni lo digas más!

Y todos alzaron los ojos a Nuestro Señor muerto en la Cruz. Doña Lutgarda y Teresa se angustiaron mirando las desolladas rodillas de Jesús. La sangre, las llagas, las moraduras, parecían recientes, como si la veneranda efigie se hubiese realmente despeñado.

Félix estaba arrepentido de la simplicidad de sus palabras, que habían resultado sacrilegio. Pero tía Lutgarda no pronunció anatema sobre tan distraída alma, como hubiera hecho doña Constanza. Apiadábase de él, y, temblándole el corazón, se dijo: "Tiene padres cristianos muy severos y su alma no es hija de la suya. Lo tuvo Pedro a su lado, paseándolo por estas soledades, contándole historias de niños mártires, y no recogió los santos fervores y enseñanzas de mi esposo. ¡Dios mío, que en todo es Guillermo! ¿Vendrá también sobre él la perdición? Ama Teresa me ha dicho que por las noches graznan las cornejas en los sobrados..."

No pudo seguir el soliloquio de la señora, porque fuera se produjo un alboroto de risadas.

Ya los cantores habían bebido. Mas siempre los sábados tenían abundante agasajo de aloques y aguardiente, y nunca osaron reír con tamaña libertad. ¿Qué pasaba?

Félix había salido y contendía iracundo. ¡Aquello era una pendencia!

Llamó la señora, y el labriego mayor de la hacienda asomóse al quicial, diciendo:

-Mire que no sé si pasar u qué...

Se lo mandó doña Lutgarda, y, al mirarlo, dio un grito de miedo.

Era un viejo robliza y socarrón; de sus manos colgaba un animal monstruoso.

-¿Qué es eso tan horrendo que traes? ¿Es un pollo muerto? Pero ¡de qué figura, Dios mío! ¿Qué le hiciste?

-No lo adivinará la señora por mucho que piense...

Detrás apareció una espesura de cabezas campesinas rapadas, barbihechas; al reírse mostraban los dientes y encías, que resaltaban muy blancos y feroces.

-¿No conoce a mi pollastre, aquel que acometía más que los mastines? Pues quise criar raza como ninguna.

Y el labriego contó que la soberbia y fiereza del gallo le despertó el pensamiento de ensayar una transformación de casta, que había de nombrarse "pollo del demonio", y le recortó la amplísima cresta que le colgaba y en dos heridas que le hizo injertó dos espolones arrancados a otra ave, agudos lo mismo que dos navajas; crecida la carne en las llagas, los espolones quedaron firmes, erizados como dos cuernos. Y para que la ilusión fuese cabal, lo desplumó. ¡Espantaba, espantaba verlo! Las gallinas le huían; el pollastre enfermó, y ahora lo halló muerto, y lo había sacado para pasmo y regocijo de los mozos. ¡El diablo se había muerto! ¡Un diablo; lo mismo era!

La señora y Teresa ya no osaron mirar la horrible ave martirizada.

Silvio, aunque era de compasiva condición, no podía reprimir la risa.

-¿Qué te parece, Félix, este maldito Alonso, qué te parece?

Félix se retorcía de dolor. Y padeció más por una ilusión grotesca y prodigiosa. Y fue la de antojársele que Silvio tenía partida la calzada frente y le injertaban los pies de Alonso, pies que parecían hechos de tierra de bancal y de raíces quemadas, y los veía en el cráneo de su primo, y era su frente la que sentía las desgarraduras.

-¡Oh tía Lutgarda, ese hombre es un bárbaro!

La señora sonrió a los campesinos y los despidió discretamente.

-No, Félix, no; no odies al pobre Alonso, como le aborreció Tío Guillermo. Nadie comete crueldades sabiéndolo. Alonso estuvo nueve noches sin acostarse por curar un perro lisiado y sarnoso que recogió en el monte.

Silvio cabeceaba sobre el respaldar de la butaca. La lucerna de las andas crepitaba, apagándose. Un estremecimiento de la noche trajo el sonar de horas de la aldea.

-Dieron las once, Félix, y estás rendido.

Silvio llevó al forastero a su dormitorio, cuyas ventanas daban bajo un gollizo de las sierras, negro y siniestro. En los montes, en los sembrados, en la ribera, temblaba la lira de la menuda fauna; era un vibrar apacible, rizado, de grillos y alacranes, parecía subir hasta las estrellas, que también se estremecían como los dulces rumores. Y dentro de esta música agreste resbalaba la canción cristalina de los manantiales y rugía una acequia lejana. Félix siguió con el oído el sonoro camino del agua, y creía percibirla hasta apagarse, rompiéndose sus notas al traspasar las hierbas caedizas de las márgenes.

De La Olmeda brotó una canción de cantigas de ruiseñores, volcándose, derramándose en la callada noche, olorosa de madreselvas.

Félix se sintió muy solo.

Paseó por la estancia. Su blancura, la noble ancianidad del mueblaje; la cama grande, de columnas y velos; la cruz de palmera bendecida sobre la pilita de loza azul, y luego, el silencio y la sensación de grandeza y vejez de toda la casa y de la profunda noche de este paisaje, le llevaron imaginativamente a remotos tiempos, cuando poblaban el solar los Valdivias que decidieron su vida; él aún no existía, y ya estaba plasmada y sellada su alma con herencia de misticismos, de miedos, de pesadumbres, de alegrías y apasionamientos delirantes...

Félix abrió los ojos; ni voz ni ruido le habían despertado. Largo rato estuvo sintiéndose dormido, sabiéndolo placenteramente. Estaban entornados los maderos de las ventanas, transparentándose sus nudos de púrpura. Un dedo de sol hacía el bello milagro del iris tocando la copa del agua, y el prisma se deshacía en gotas por las blandas cortinas del lecho.

Contempló cariñosamente el aposento. Notó el silencio, aún más profundo porque se durmió emblandecido y arrullado por los cánticos de los insectos, y ahora despertaba sumido en quietud de mañana de domingo.

Nada más sonaba el enojo de una abeja, que había subido hasta la ventana por la escala de mieles de un viejo rosal. El zumbido se alejaba, se dormía dentro de las flores; en seguida rebrotaba la terca murmuración.

¡La Olmeda! ¡Señor, qué santidad, qué paz!

Vistióse y se asomó a la mañana; y toda la alegría sosegada del campo la sintió él en su íntima vida. Su alma y su carne le palpitaban gozosamente, pareciéndole que estaba en un baño de aquel cielo tan limpio y luminoso. El aire, que alguna vez se movía, como un pájaro que anda por la sembradura y se levanta y vuela un poco, y vuelve a posarse; el aire, volaba manso y cálido, y no traía voces ni coplas de hombres de la labranza y de la majada, ni tintineos de bestias que faenan. La buena ave del vientecillo estival recogía aún más silencio de tierra lejana y de las cumbres... ¡Domingo campesino! ¡En todo, calma sagrada, sol, cielo, paisaje de domingo!

Salió por las grandes salas, todas en azulada penumbra, y aspiraba la misma beatitud de fiesta; olía a armarios abiertos y estaban cerrados, a ropa limpia y planchada. Encima de algunos muebles vio las juncieras, ya olvidadas, secas sus verduras. Y estas rancias redomas, y las nobles puertas de labrados cuarterones, y los reposteros, los hilos de realce de las camas y algún vetusto bargueño, le envolvieron en el pasado, y el silencio le penetró en la hondura de su vida.

Llegó al comedor, y sentado a la ancha mesa oía el borbollar de las vasijas puestas a la lumbre de la patriarcal cocina; y ese hervor también era de domingo. ¡Válgame, y qué encontradas emociones señoreaban al forastero, qué contento sentía y qué necesitado estaba de transfundirlo, de verlo copiado y gozado en otros! Por eso, cuando presentóse Teresa, trayéndole el desayuno en plato mancerina, se enterneció y vio en esa delgada cerámica los chocolates familiares, y no quiso la soledad.

-¿Y tía Lutgarda?

-Dentro, en la salita del Santo Cristo.

-Pues en su compañía quiero desayunarme.

-¡Pero si la señora ya almorzó! ¿No piensa que son las diez? ¡Alma de Dios, y quedóse sin misa!

-No importa, sírvame allí... Y mire: usted tutea a Belita y a Silvio, y yo quiero que a mí también, ¿sabe?

-¡Dulcísimo! Y ¿qué está diciendo?

-Bueno; hábleme como se le antoje... ¡Tía Lutgarda! ¡Tía Lutgarda! -y, gritando y corriendo, buscó Félix el cuarto del paso de la Cruz.

Seguíale Teresa llevando la humeante mancerina y una labrada bandeja con frutas de sartén muy doraditas.

Tía Lutgarda acogió tiernamente al sobrino, dándole a besar su mano.

-¡Qué bendito sueño el tuyo! Silvio y yo estuvimos contemplándote. A él le dio lástima despertarte para decirte adiós; yo tuve que cerrar las ventanas; estabas entre el sol. ¡Has dormido a la serena, hijo!

-¿Dices que Silvio ya se fue?

-Silvio viene todos los sábados y pasa conmigo los domingos, porque lleva las cuentas de mi hacienda. Pero hoy es el concierto que sabes. Muy temprano trajeron esta carta de Bela pidiéndome que yo también vaya. No es posible por lo fatigoso del camino.

Y doña Lutgarda le entregó un pliéguecito azul. Ni nombraba a Félix. El cual, mohino, enojado como un chico, murmuró:

-¡Yo no quiero ir!

-¡Ni cómo habías ya de quererlo! ¡Tampoco tienes misa; y hoy que era la de nuestra capilla!...

No la atendía Félix, entregado como estaba a la dulce memoria de las palabras de Isabel: "¡Yo, qué poco te he visto!" Ahora se le figuraba que las mismas pudo decir a otro, a Silvio, si Silvio hubiera sido el forastero. Pero ¿a otro, a Silvio, con aquel acento intensísimo, enamorado, doliente?

Proseguía la señora contándole de la piadosa fiesta aldeana, y después le habló del antiguo humilladero de la heredad, cerrado por amenaza de sus muros. Era fuerza reedificarlo; y esperando las obras, guardaban en este aposento el milagroso paso de la Crucifixión, que estaba bajo su patrocinio, que desde antaño ostentaba La Olmeda dignidad de mayordoma.

Ya Félix la escuchaba mirando al Cielo clavado y muerto. La santa imagen tenía la mirada que le dejó la angustia mortal; la cabellera, densa y lisa, se le pegaba a las mejillas, que un pintor andariego y poco escrupuloso había barnizado demasiadamente.

El blanco cendal que velaba la cintura lucía un primoroso bordado de realce.

Levantóse la señora y abrió más los postigos de las rejas para que mejor lo viese todo el sobrino. Luego pidió rosas frescas y las puso en los fanales de las andas con tanta delicadeza y puericia, que tía Lutgarda parecía entonces una graciosa doncellita.

Y acabando el florido atavío, dijo, indicando el finísimo lienzo de Jesús:

-Esto fue regalo que hizo al Santo Cristo tu padrino en su último viaje. Nos dijo que lo había labrado una dama muy hermosa y desgraciada... ¡Y supimos quién era!

Félix se conmovió. Junto al Cristo solariego se le aparecía su gentil "madrina".

-Mucho vacilamos antes de ceñir el lenzuelo a Nuestro Señor. Pedro fue quien lo decidió, recordando que Jesús había recibido la ofrenda de un ungüento precioso de la Magdalena... ¡Yo no sé, yo no sé; pero Guillermo era igualmente acepto a los que estaban en gracia divina y a los hijos del pecado! ¿Se salvaría? ¡Oh Dios mío!

-Sí, tía Lutgarda, y acaso sólo por haber amado mucho...

Penetraban entre las tablas de la persiana cinco franjas azules de sol haciendo una lira de luz, y el humo del cigarro de Félix ascendía y se mezclaba rizándose, y resucitaba y estremecía el leve cordaje.

Vino Teresa, sin ruido de calzar; sólo producía un manso rumorcito de haldas. Dijo a la señora que Alonso solicitaba licencia para ir al mercado de Los Almudeles.

Doña Lutgarda hablaba de devoción a Félix, y acabó su plática con estas suavísimas palabras:

-En fin: tú, hijo, no eres un descreído seco, irreducible y furioso; antes creo que eres dócil a los consejos, y que todo es abandono de tus padres, porque te quieren demasiado... Pero ¡quién no ha de quererte siendo tan criatura! Ya verás cómo en estos campos sanas de cuerpo y de ánima. Has de hacer práctica religiosa; vendrás conmigo a misa, rezaremos juntos, y aunque al principio te canses y te duermas, acabará por encenderse tu fe.

Esta coincidencia que tuvo la señora con Pascal maravilló tanto al sobrino, que le removió de su emperezamiento.

Apareció Alonso, recién rapado y mudado con un traje negro del difunto señor don Pedro.

Félix se levantó y le dijo que le esperase, porque también se marchaba él para ir al concierto.

-¡Ahora, Félix! ¿Qué pensamiento te dio?

-¡Con este sol que casi hace hervir el río, Dulcísimo!

Félix había subido a su cuarto. Recogió su sombrero, blando y aludo; y al llegar a la escalera desalentóse. ¿Qué le importaba el concierto, ni Los Almudeles, ni nada?

Todos le aguardaban en la entrada.

-¡Félix, hijo! ¿Por qué has de ser tan violento, tan aturdido? ¿Osarías presentarte con esas ropas campesinas? Mira que el concierto es de grande solemnidad...

-¡Concierto! ¿Qué concierto? ¡Si ya no quiero ir! Me voy a la sombra de nuestros viejos olmos...

Y escapó riéndose.

-¡Félix, Félix!

-¡Dulcísimo!

Ordenó la señora que Alonso lo siguiera y acompañase. Y a Los Almudeles fue un hijo de un labriego, mozo de mulas de la hacienda.

Félix se había alejado. Alonso le gritó:

-¡Mire que por ahí se va al Colmenar!

El joven se detuvo.

-¿Colmenar? ¿Tiene colmenas, pero muchas?

-Había cuarenta, me creo, si no pasa.

-Yo nunca he visto por dentro una colmena. Lléveme.

-¿Ahora quiere, don Félix? -y quedóse mirando al antojadizo caballero, que no se atrevió a penetrar en su deseo, temeroso de no querer tampoco ir a las colmenas.

Alonso tornó al casal, y pronto vino y dijo:

-Aquí traigo lo que es menester -y le mostraba un saco, cuyo fondo era hecho de celosía de alambres muy sutiles.

La gloriosa pureza del azul, la grande y desconocida visión de este paisaje, exaltaban a Félix acuciándole a recoger toda la mañana dentro de sus ojos; y hasta lo más menudo de los campos fijaba su ánimo.

Vislumbraba de telarañas la pingüe y fresca tierra de los bancales hortelanos. Y Félix se inclinaba para admirar esos delgados y curiosos tejidos de plata; se entraba por los tiernos y resbaladizos cauces de las regueras; y luego, afanoso de seguir al labriego, corría hundiéndose entre verdura, tropezando en los ramajes esquilmeños de los manzanos, rendidos por la abundancia, y las pomas le caían fragantemente, doblándole las alas de su sombrero, rodando por sus hombros; tomaba de ellas; las mordía, y la piel de la fruta, ya calentada del sol, su aspereza con dulces dejos, y el olor de su zumo, le llenaron de sencillez y puericias.

Verdaderamente, era Félix, entonces, un rapaz que saltaba las cercas de un huerto y se embriagaba de vida gustándola, sorbiéndola, aspirándola en la alegría de los árboles, del sol, del agua y del azul magnífico...

Alonso tuvo que esperarle, que estaba ya muy lejos.

Cuando se hallaron juntos desdobló Alonso la harpillera, y con mucha gravedad y cuidado se la puso a Félix, dejándole enfundada toda la cabeza. Y en tanto que cumplía esta ceremonia, que a Félix le representaba la consagración de algún rito bárbaro y agreste, no dejaba de advertirle "que ya no hablase recio, que las manos se las guardase en las faltriqueras" y otros prudentísimos avisos.

Para verse insaculado se miró Félix su sombra en el rudo espejo de la tierra soleada. Acomodóse la redecilla delante de los ojos; aspiró olor de miel y sudor de castradores, y gritó y saltó de gozo.

Le pidió Alonso que no alborotase. Y en silencio llegaron a una diminuta aldea de casitas encaladas, puestas al abrigo de un bardal encrespado de zarzas y aromos.

Allí dentro sonaba un ronco fragor como de río que se despeña.

Estremecióse Félix de emoción sintiéndose cerca de penetrar en el sagrado de vidas vírgenes. Consideraba ese recinto un monasterio, y a las abejas, religiosas, todas veladas. Acordóse también de la geórgica de Virgilio, y aún quiso decir algo del poeta divino. Alonso no lo consintió. ¡Señor! Alonso estaba transfigurado: ya no era el rústico maldiciente, sumiso, flemático. Lo vio gigantesco, heroico, inmóvil, solo, sobre fondo de cielo tachonado de abejas de oro. Todo el ambiente semejaba conmovido de la pujante tría.

Le llamó; no le escuchaba. Félix ingresó en la blanca callejita del colmenar. Crecía su pasmo de ver al campesino cercado de peligros y sin defensa de la celada de saco y alambres. Se lo confesó. Y Alonso, gustando el panal de la vanagloria, repuso despacio:

-No piense en mí. Basta con esto.

Y sacó del seno un trozo de cuerda, y acercándose a una colmena, la encendió. Después quitó los hatijos, hirvientes de costras de abejas, y de lo hondo subió el enjambre fiero, ruidoso. Alonso lo oxeaba con suavidad, perdonando sus rebeldías y amenazas. vio Félix las rubias y esponjosas brescas con sus celdillas desbordantes de tostado y espeso licor y otras habitadas por las velluditas artífices, recelosas, bravas como aves criadoras.

-¡Basta, basta; no miremos más, que todas huyen sufriendo!

Pero Alonso no le oía, y entraba la encendida soga, y se asomaba tercamente a las cálidas entrañas del blanco sagrario, que exhalaba un vaho de cera, de flores de altar de mes de María. ¡Señor! ¡Alonso era entonces un genio! ¡Hasta sus ojos menuditos y grises daban lumbres de majestad, y todo él ostentaba bizarría, regocijo, triunfo y dominación! Sus ansiedades estaban cumplidas. ¡Cuán sereno y fuerte delante de las abejas! ¿Tendrían todos los hombres, hasta el mismo Alonso, la codiciada agua para su sed? ¿Qué fuente refrescaría y saciaría las ansias imprecisas de su alma?

No pudo seguir elogiándole ni inquiriendo otras peregrinas cuestiones, porque del seto frondoso y vivo sonó un grito, y a poco riñas y plañidos de exquisito donaire.

¡Oh, el grito era de garganta femenina! Quitóse Félix la grosera capilla y saltó afanosamente el muro de maleza.

¡La mujer de Koeveld!

Sí; ella era, que reía y se quejaba mostrando sus manos a una criada campesina. La blanca sombrilla de seda rodaba por el camino. A lo lejos venía Giner, pesado, cayéndose, tropezando con un perro flaco y desorejado que se obstinaba en hacerle gracias y zalemas. Y el señor Giner rechazaba y aborrecía al animalito.

Acercóse Félix a la esposa.

-¡Ay, lo que me hizo una abeja aquí, en este dedo, en el chiquitín!

Él le tomó la mano herida y llevósela cerca de la mirada y de su boca, mientras la hermosa dama lamentábase blanda y donosamente como una niña enfermita, descansando su busto en el hombro de Félix.

La anacreóntica estaba invertida. Venus misma era la llorosa, mordida de "una sierpe pequeñita y alada".

Por el zarzal del seto asomaba la espantada cabeza de Alonso, ya sin majestad, sin lumbres de triunfo ni nada...

-Yo no sé, Félix, a qué punto llega tu descreimiento y frialdad en las cosas devotas...

-A ninguno, tía Lutgarda. ¿Quieres que lo jure?

-¡No jures, hijo, no jures! -le pidió la señora, mirándole enternecidamente.

Teresa sirvió una sopa dorada y olorosa.

Félix miró a la fámula, y entre muchos requiebros que le dijo, la alabó hasta por llamarse Teresa.

-¡Ay Dulcísimo! -repetía la viuda, y las granadas de sus mejillas amenazaban abrirse de la sofocación.

-Sigue amonestándome y contando milagros, tía Lutgarda, que oyéndote subiría a ser santo, porque tú no te angustias como la pobre tía Dulce Nombre, que de todo recibe sobresalto, ni eres seca y malhumorada como doña Constanza; tus palabras tienen adorno, dulzura y hasta coquetería de función religiosa de iglesia rica...

-¡Pero, Félix! -y ahora fue tía Lutgarda la que pareció ruborizarse-. Déjame que te hable de nuestro Santo Cristo, y te pido que creas que es de milagrosa eficacia su patrocinio y advocación...

-Lo creeré; lo creo todo... ¿Sabes lo del Cristo de Navarra, que sudaba y todo cuando San Francisco Javier padecía trabajos en la India? Pues ¿y aquella otra imagen de Jesús que le crecían los cabellos y las uñas¿... Más te agradarán los milagros primorosos, como el de las rosas de Santa Casilda y los que sucedieron después de la muerte de Santa Teresa de Jesús... ¡Milagros póstumos, tía Lutgarda!

-¡Ay Dios mío, cuéntalos! -y ya no osó hablarle la señora del Cristo aldeano, que antes recibía placer oyendo al sobrino.

Trajo la criada una fuente de copioso guiso.

Tía Lutgarda no lo advirtió, arrobada por el devoto cuento de Félix, que así continuaba:

-... Santa Teresa llamó siempre mariposas a sus hijas de religión. Pues yo he leído que, muerta ya la madre, y estando conversando de ella algunas carmelitas, se llenó una capa suya, que allí se veneraba como una reliquia, de blancas mariposas, lo mismo que cuando rodean un rosal. Y en Ávila, a punto de admitir las monjas a una novicia, a quien la Santa había quitado el hábito, se vio otra mariposa que revoloteaba por el coro, de religiosa en religiosa, y las volvió de su parecer de manera que se apartaron de su propósito.

-¡Dulcísimo!

Y siguió Félix diciendo maravillas de santos. La viuda Teresa no se movía del comedor, y otra sirvienta puso en el centro de la mesa, sobre las bordadas cifras del mantel, una tarima de pichones muy cebados y rellenos, que humeaba olorosamente.

Félix contaba los místicos coloquios y la limpia, seráfica amistad de Teresa de Jesús y Juan de la Cruz; narró también conversiones tan estupendas y sabidas como las de San Agustín y Raimundo Lulio...

¡Señor, y cuánto sabía esa criatura de cosas de piedad, siendo tan distraída! De todo, lo que más espantó a la señora fue que Senequita -según cifraba la santa doctora el nombre de su espiritual hermano- se tragase las cartas de ésta para que no diesen en manos enemigas... ¡Enemigas siendo también frailes! A la fámula le emocionaba mucho aquello de descubrirse los cancerosos pechos la dama perseguida de Raimundo. Imaginándolo la viuda, no pudo contenerse, y se contempló los suyos, tan rollizos y sanos, que se alzaban tumultuosamente; y tampoco logró vencer un suspiro de complacencia.

Decía doña Lutgarda que de ninguna manera podía ser Félix malo y peligroso sabiendo y hablando de religión tan lindamente. Y quiso la señora que se pusiera toda la pechuga de un palomo.

Se sabe con certeza que a Félix no le gustaba esa carne; pero se la sirvió. ¡Oh, cualquier cosa comería él para no contrariar a esas ánimas! ¡Pobrecitas y chiquitinas almas! El cielo que ansiaban tenía puertas con candado y todo; nada sabían de la viuda, fuera de la ropa de plancha, de las cuelgas de frutas, de los puntos de los almíbares y cremas y de no caer en pecado mortal no pudiendo cometerlo en La Olmeda.

¡Oh almas-mariposas de las que se avivaron en una capa vieja!... Pero ¿acaso no lo son, Dios mío, todas las almas, y mientras algunas se queman en la llama del Ideal, otras mueren, dejándose antes el oro de sus pobres alas entre los gordos dedos de un grave varón que baja la luz de la lámpara?

Y Félix dejó cortada la pechuga del ave, sin probarla... ¡Si no le gustaba! ¿Qué había de hacer?

-¡Dulcísimo! ¿que no se la come, dice?

-Las palomas -exclamó apasionadamente Félix- sólo son buenas para deslizarse por el cielo y para arrullarse y amarse sobre el trono de estos grandes árboles y contemplar las soledades desde las viejas cornisas, empañando gozosamente sus colas. A mí, una paloma blanca, lo confieso, no me trae el recuerdo del Espíritu Santo, como le sucede a tía Dulce Nombre, y quizá a vosotras; una paloma blanca tiene tan femenino donaire y tanta delicadeza, que espero siempre encontrar en su cabecita el aguijón de oro que le clavara algún viejo hechicero, y creo que se me ha de volver en una rubia princesa que estaba encantada.

-¡Guillermo, eres Guillermo, hijo mío! -balbució tía Lutgarda palideciendo.

La criada persignóse invocando al Señor.

Tristeza y orgullo retorcieron el corazón de Félix. Cuando escuchó de Beatriz su semejanza con aquel hombre hermoso y desdichado, llegó a creerse de rara y halagadora estirpe. Cuando entre los advenimientos que recibía en su hogar se le comparaba temerosamente con su padrino, y él recordaba y se fingía a través de nieblas de leyendas, resignábase, por anticipado, a toda predestinación de desventura, apoyándose en la romántica memoria... Pero ya todos veían en él a Guillermo por andanzas, imaginaciones y hasta gustos humildes y poquedades. ¡Guillermo, sin la vida aventurera de amores y de riesgos difíciles y heroicos! ¡Guillermo, pero atado a vida sumisa, perdiendo el color de sus alas entre los dedos gordos de no sabía qué rigoroso señor!... ¡Le amaría Beatriz por evocación nada más! Su asiento quejumbró...

Tía Lutgarda, aquietada, suspiró y dijo dulcemente:

-¡No quiera Dios que te lloremos como a él! Pero... es que desde que llegaste, desde que te he visto y te oigo y te conozco, me parece que la vida se desata y vuelve a lo pasado, y que en ti resucita otro hombre. Mira: eso que has dicho de los palomos acaso es muy sencillo y sólo muestra tus lástimas o quizá sólo prueba que no te gusta la carne de pichón... Pues nos sobresalta, Félix, nos inquieta... Es que a Guillermo le sucedía lo mismo, y ¡lo diré, aunque temo caer en pecado! Guillermo llegó a enamorarse de una paloma blanca. ¡Muchas veces me pregunto si tendría intervención el Enemigo! Vino Guillermo a nuestro lado cinco meses antes de su aciago viaje a Alemania. Estuvo muy sosegado y bueno; no nos parecía el arcángel maldito, la estrella hundida en el abismo. Paseaba entre los manzanos del huerto o bajo los olmos, siempre con un libro, como un novicio rezando en su breviario. Por las mañanas sentábase en las eras, y reclinado en el ciprés gozaba mucho mirando los vuelos
y bullicio que hacían los palomos. Quiso avezarlos a que bajasen y comiesen el trigo que derramaba a sus pies y esparcía por sus hombros y sus cabellos, como dijo que acudían los palomos de no sé qué plaza famosa de Venecia, San Marcos, me parece. Pero los palomos de La Olmeda sólo son buenos, siguiendo tus palabras, para volar y amarse... y comerse la sementera lo mismo que grajos. Y yo no me explico cómo ocurrió que sin enseñarla, hubo una paloma que se acercó dulcemente a Guillermo, con andar y saltitos y mimos de doncellita. Pronto se le subió a los brazos, refugiándose en su pecho. Conocía su voz desde muy lejos, le seguía en sus paseos, y todas las mañanas, cuando comíamos, entraba por las rejas, y puesta sobre los hombros de Guillermo le acariciaba las mejillas, le picaba en los dientes, y... ¡hasta le miraba de amor! ¡De veras, Félix, que nos daba miedo y sonrojo, porque eso era hacerse caricias de enamorados! Supimos por Alonso que la palomita no quería pareja, y que
hasta perecía despreciar a los suyos, siendo con ellos tan brava y agresiva como tierna y sumisa con Guillermo; y a su lado, oyéndole y sabiendo que él la contemplaba, dejaba

abiertas y caídas sus alas y su cola, ahuecando rizadamente las plumas del cuello, como hacen las hembras cuando las requiebra y arrulla el palomo. ¡Ésa sí que parecía mujer hechizada y reducida a figura de paloma! Todo lo que te cuento es verdadero. Guillermo retrasó su marcha por ella. Al fin decidió llevársela. Y un día la Zurita no bajó a las eras, ni vino a la comida para picar las migas en la boca de tu padrino. Guillermo preguntó por ella; nadie sabía nada. Entristecido, violento, muy pálido, salió; le silbó; la llamaba gritando desesperadamente... Presentóse Alonso, y riéndose, le dijo: "¿Busca a la Zurita? Pues busque, busque. ¡Si no podía ser! ¡Si estaba como loca deshaciendo nidos, aplastando huevos y crías; era como una mala mujer! ¡Y no hubo otro remedio!" Guillermo se había desfigurado

espantosamente. Y cuando el pobre Alonso confesó que había degollado a la Zurita, tu padrino quiso estrangularlo. ¡Tuvimos que quitárselo de las manos! ¡Oh hijo, hubiera podido suceder una gran perdición!

-¡Debió matarlo! -gritó Félix.

-¡Dulcísimo!

-¡Hijo!

-¿Y aún tienes a ese hombre feroz, bestial, que sólo comete iniquidades?

Asustóse doña Lutgarda viendo el furioso ardimiento del sobrino.

-¡No le pican ni las abejas! ¡Degolló a la Zurita! ¡Martirizó satánicamente a un pollo! ¡Tía Lutgarda, échalo!

-También curó a un perro lisiado y tiñoso.

Todo se lo dijo Teresa al viejo labriego.

Retiróse la señora a su aposento. La perezosa siesta fue para ella de inquietud y espanto, como noche de vendaval. No lograba reposo, pensando enlazadamente en Félix y Guillermo.

El silencio y la fresca penumbra la rindieron un instante. En seguida se incorporó asustada, teniendo que llevarse la mano al costado para aquietar la violencia de su corazón. Es que vio en sueños a Juan de la Cruz engullendo las cartas de la santa carmelita. Juan tenía las espaldas desolladas por azotes de frailes enemigos, y a sus pies un dornajo con raspas y agalla de cecial, y pedía agua el lacerado, ¡y no se la daban, Señor! ¡No era posible! ¡Si no era posible! Todo debió de ser demasiada malicia de Félix. Había de reconvenirle severamente.

Bajó a la entrada.

Alonso y la viuda conversaron muy despacio con la afligida señora.

Alonso les contaría maravillas, porque las mujeres manifestaban turbación.

Al cabo, doña Lutgarda dijo con vocecita de gemido:

-¿Y dices que le chupó el dedo? ¿Lo viste, lo viste tú? ¡Piensa que le acusas de horrible pecado!

Repuso Alonso que sí que lo había visto.

Y llegando aquí el Cide Hamete de esta sencilla historia, jura solemnemente que el labriego cometió bellaquería, porque Félix no llegó a chuparle ni la uña a la señora de Giner, y lo que hizo Félix fue tomar y acercarse la mano y calentarle con su aliento el dedo herido; y todavía añade que entonces Alonso recomendó a la dama una medicina compuesta de vilezas, que el historiador no quiere decir y que Félix lo castigó con indignadas y furiosas palabras.

La primera semana de su llegada la pasó Félix sin salir del agreste estado de La Olmeda. Todo lo caminó: hondones frondosos y oscuros y eminencias bravías y yermas, comiendo algunas veces con labriegos y pastores. Las mulas, las vacas, las ovejas, los perros y hasta las gallinas y los gorriones de la heredad amaron a este Valdivia que les daba con mucha solicitud zoquetitos de pan y azúcar y les hablaba como un San Francisco, aunque de otra manera más profana. Singularmente los cabritillos y recentales le hacían halagos muy lindos, brincando y amagando toparle graciosamente. Y un mastín corpulento, siempre jadeante, tenía celos, y no bien se recostaba Félix sobre la hierba, iba y le colocaba encima su cabezota hirsuta, feroz y triste.

Vino otro sábado, día de la visita de Silvio; pero éste avisó que le era necesario marcharse a Valencia con su madre para esclarecer un pago del Fisco. A la otra mañana, tía Lutgarda pidió a Félix que le asentase las notas de cargas y moliendas de la aceituna. De una arquilla de ciprés sacó la señora los cuadernos de cuentas; pero después de los fajos de documentos, descubrió el sobrino los vislumbres de joyas antiguas; y los abalorios de ámbar, miniaturas, anillos, sartales de filigranas, abanicos, bujetas y aderezos divirtieron a Félix de su trabajo. Todo lo iba mostrando tía Lutgarda, y exhalaba un hondo suspiro al abrir los estuches. Dejó para el postrero uno grande, de concha, y al tomarlo murmuró:

-Es joya sagrada y de mucha hermosura. La trajo un Valdivia que estuvo de oidor en la Chancillería de Cartagena de Indias, para un deudo suyo obispo de Murcia.

Y vio Félix un fastuoso pectoral de las más ricas y claras esmeraldas de Colombia.

-Esa cruz parece que esté cuajada de miradas de unos ojos verdes... -¡Oh Félix, qué dijiste!... ¡Y parecen tus ojos!...

Tía Lutgarda había enrojecido, y apresuradamente ocultó el pectoral.

Por la tarde, cuando Félix pasó frente a El Retiro, la casa de placer de Koeveld, lo halló cerrado y silencioso. Un perro viejo y desorejado quedóse ladrándole desde su hondo cubil de adobes.

Dejada la fragosa hoz de La Olmeda, apareció el ancho y jubiloso valle de Posuna. Las cumbres de las montañas estaban inflamadas de sol, y en sus sombrías laderas comenzaba la frescura de los crespos herbazales y sembrados que invadían el llano. Los senderos, las hazas, el río, todo estaba en quietud, y bajo las arboledas se presentía un recogimiento muy íntimo, como de recinto histórico o santo.

"¿Dónde iba él¿", se preguntaba Félix, cuidando de no sepultar los hormigueros abiertos hasta en la peña y desbordantes de hormigas trajineras, enloquecidas porque llegaba la gustosa madurez de las cebadas.

Y Félix no sabía ni apetecía ningún camino. "¡Señor, yo, ahora, no pienso, no siento nada; pues ¿qué tengo, qué soy? ¿Me ocurrirá lo mismo que a cualquier lugareño de esa aldea, que no le sucede nada; lo mismo que a un buen hombre de Posuna, que luego de estarse a la sombra de la iglesia, conversando o jugando a los herrones, sale por el ejido y los huertos del contorno, solo, desmañado y baldíamente, y acaba por confesarse que se aburre en la ansiada tarde del domingo¿... ¿Estaré yo aburriéndome sin saberlo, y a punto de secárseme el alma, yo, tan enamorado de soledades campesinas; yo, tan encendido de vida íntima, mía, como esas cimas de sol¿..." Prosiguió diciéndose Félix que sólo lo de acabada perfección era dichoso en la soledad, como el paisaje. Entre las criaturas, la que más podía recrearse apartadamente imaginaba que era la mujer bella. La leyenda de Narciso mirándose en el espejo de las aguas y complaciéndose en sí mismo la diputada de demasiado inmoral o mentirosa, y si acaso, era cierta por la afeminación de la figura. La mujer, mirándose, sintiendo su hermosura, se conmueve, traspasada de un dardo de amor que de sí misma brota; ella es para sí la deseada y superior al que la poseyere, porque se sabe enteramente. ¡Oh, la beldad desnuda es como la creación solitaria!... Los siglos han pasado encima del mundo. Las ciudades resplandecen de acero, de magnificencia, de electricidad; las lenguas de fuego de la sabiduría descienden en un Pentecostés maravilloso y terrible... ¡Transcurrirán siglos, más siglos, y ciencia nueva florecerá en las ruinas de la vieja, y las magnas soledades del mar y de las sierras se dorarán de alegría de sol, recibirán la nevada pureza de la luna, como en el primer instante de la vida, como en el primer momento de desnudez de la Eva bíblica!

... Y esa impresión de la serenidad, de la inocencia de lo primitivo, que da el paisaje, se apoderaba dulcemente de Félix; y un raro enlace con la belleza del eterno femenino le abrasaba; y le hacía incompleto y necesitado, aun en la soledad campesina de que tanto placía.

La torre cuadrada y ruda de Posuna subía al cielo, prorrumpiendo de la viciosa pompa de los cerezos, y parecía más vetusta entre los verdes árboles, y llena de la gracia de la tarde.

Félix quiso llegar a Posuna. En seguida pensó que si fuese no vería lo que ahora deseaba por remoto.

Hallábase en medio del valle; y a la izquierda, en tierras de infiesto, descubrió una casa grande de labranza, donde había alborozo de gentes. Eran las únicas en toda la tarde; y le atrajeron. Danzaban mozas muy mudadas, vistosas de basquiñas y pañuelos; en el portal, los ancianos rodeaban a un grupo de señores. Ya cerca de la heredad, todos se aquietaron y le miraron calladamente. En la era retozaba bravío, como una res, un hombre astroso y viejo, un dios Pan de antes, hogaño un mendigo de los campos, los más andariegos y miserables; de ésos que se cubren con sacos, con zaleas y comen lagartos y langostas de los rojales, como Juan el Bautista. Y ese hombre, saltando y aullando, vino sobre Félix. Tenía un pie doblado y pisaba con una pasta encallecida de dedos; llevaba un brazo encogido junto al pecho y la mano le colgaba seca; y la otra, enorme y garruda, se tendía suplicante. Su boca se torcía con mueca de cadáver siniestro, pero sus ojos húmedos miraban implorando. Sus
mejillas estaban exprimidas y angulosas de padecimiento, y una maleza gris, rala y áspera como el esparto, le ocultaba la desdentada boca; el cráneo era estrecho, rudo, intonso, con rodales de calva. Daba compasión y miedo. Más que gritar, ladraba, gañía. Y como su vestidura, de arrapiezos y piel de cabra, estaba desgarrada, se le veía la trabazón esquelética de las costillas inflándose, reduciéndose por el resultado de la danza y de su quejido de bestia.

Un labriego, gordo y risueño, le dijo a Félix:

-No tenga susto, que no hace nada. Es que es mudo y bobo. Yo me creo que le toma por otro de porte a lo caballero que lo socorría. Era de La Olmeda, y le decían don Guillermo.

Félix puso algunas monedas en la mano lisiada del mísero.

Entonces el imbécil principió a corcovar frenético, al lado de las mozas. Y todos, con las pupilas relumbrando de codicia y envidia, le decían:

-¡Anda, galopo; el señor te dio de plata la limosna!

-Pues el cuñado y la hermana se la beberán en la venta, porque son como son.

Esto balbució una voz oscura y vacilante.

Volvióse Félix, y halló a Koeveld, a su esposa, siempre entristecida, y, en medio, la crasa y altiva madre Giner.

El recuerdo de la mañana anacreóntica, y su ardiente prurito de alegría y amor, deshicieron la cortedad de Félix, y acercóse al portal, ganoso de ser admitido en la confianza de estos pobres corazones.

La mujer de Koeveld hizo un movimiento de timidez y huída, y puso su mirada en el esposo, que devolvió torvamente el saludo del romántico. La madre le recogió con risica helada y perversa.

Contristado, Félix se apartó. Todos le miraban.

Internóse por el oleaje de los trigos; los hendía suavemente, y a su espalda susurraban las espigas al cerrarse. Después, cruzó un eriazo seguido de bancales de viejo olivar; y estaban sus frondas tan calladas, tan quietas, y había tan grande calma, que le parecía hallarse en sitio cerrado y hondo. Apareció el suelo de peña, y luego mullido de pastura, y vio los chopos ribereños, joviales y trémulos, y encima el azul magnífico, un cielo de felicidad. Félix se recuperaba a sí mismo. Le enternecieron los chopos, árboles solitarios aunque los viera entre muchos. Llegado al río, se acostó en la margen y bañó su boca en la silenciosa corriente.

Quedóse tendido, sin enjugarse, dejando las manos que acariciasen la intimidad de la hierba. Se escuchaba el pulso de su carne, el latido cristalino de las aguas, los besos de las hojas; veía que el cielo subía leve y pálido, y a veces bajaba toda la azulada cúpula cerrándole los párpados dulcemente. El verde regazo de la ribera le llenaba
de olor; y él imaginaba el de su madrina, el de la esposa de Giner, y las matas que se mezclaban con sus cabellos las cambiaba por las manos de su prima y de Julia. Amaba la soledad; la habitaría siempre, pero necesitaba, al menos, de la reciente impresión de la mujer.

No pudo seguir inquiriéndose. Había sentido en su mano izquierda una gota de frío intenso y gelatinoso, un ruedo de frío, un beso de fango espesado que se le adhería, que se le agarraba viscosamente, esparciéndose. Alzó la mano y vio una masilla blanda, reluciente, oleosa, el corpezuelo de un caracol, pero desnudo, quitada la corteza; era una humilde babosa engendrada en la humedad. Y esa gota de limo palpitante se le entregaba. Pues ¿qué resistencia, qué defensa tenía este delgadísimo ser contra un designio de crueldad o una alma distraída? Juntando y oprimiendo levemente los dedos lo fundiría, lo acabaría... Y Félix los puso encima del pobrecito molusco, y recogió el pulso, la sensación de su vida. Y se contuvo. No sentía piedad y no mataba. ¿Sería por mandamiento de una moral ya hecha carne, fisiológica, transmitida ciegamente y traducida en un pacto callado, y ya ingénito, de las voluntades fuertes para consentir la vida de lo débil? Esto de un pacto volitivo y eval
agradó mucho a Félix. Y después que lo admitió, contempló enternecido la pegajosa y menuda limaza. ¡Oh, sin sangre, sin huesos, sin nervios, la mísera! ¡Si se le figuraba que volvía él a crearla! ¡Y aunque era nada más que un caracol desnudo y tirante, Félix lo miró sonriendo, lo mismo que hizo Dios complaciéndose en Adán desnudo y todavía limpio de pecado!

Mucho se recreara en ese actor de amor y en su criatura, diciéndose que qué sería del hombre sin estos venturosos tránsitos de sencillez y pureza por los que parece que volvemos a la santidad de los primeros instantes de la vida o asistimos a la resurrección o florescencia de la semilla del bien y sentimos nuestro íntimo enlace con el alma universal; pero se distrajo de tan escondidas filosofías porque oyó un gemido. Volvióse hacia toda la tarde, que estaba acabándose. Declinaba el crepúsculo. ¡Oh Señor!, ¿por qué, para sentir estas lástimas y ternezas, necesitamos darnos enteramente a la tierra, a la melancolía de un río y techarnos de cielo y sentirnos amados? Cruzó por toda la vera otro canto quejumbroso. Llegaba de las montañas; y desde el olivar respondieron más gritos desoladores. Eran los autillos que se llamaban, y saludaban la noche.

Félix pasó las mieses; miró hacia el cielo. La primera estrella, muy pálida, muy hundida, apareció sobre su frente.

Pronto vislumbró de astros todo el espacio.

Detúvose para verse rodeado de la estrellada noche. Y fue tan penetradora su delectación, que sintió un estremecimiento dulce y frío en toda su espalda. ¡Es que estaba solo; se había perdido en el inmenso y oscuro valle, bajo los fantasmas de los olivos! Pensó en Ulises, en Dante, y luego se le apareció el Hidalgo de la Mancha. Tuvo que reírse, porque ¡Señor, si no era verdad que se hubiese perdido! Caminando derechamente hallaría la masía de Giner, y rodeándola y subiendo hacia la izquierda, estaba la senda de La Olmeda.

Y ya caminó con interior reposo y llaneza, como cualquier diputado Ripoll.

Repentinamente se detuvo empavorecido; el corazón, las sienes, los oídos le latían con tanto estruendo, que sintió el vacío del silencio de la noche.

Ladraba un perro feroz, espantado; y una sombra negra de diablo o cabrón, corcovando sobre el fondo de horizonte estrellado, echóse a los hinojos de Félix, y tomándole las manos dejó en su piel un beso, un vaho cansado y húmedo. Después levantóse y comenzó a saltar monstruosamente; bajo sus pies crujían quebrándose los rastrojos.

Félix gritó, suplicante.

Gimieron las puertas de la masía, y una voz dijo:

—¡Ah buen señor, no tenga susto, que es el bobo! Ahí lo tiene, que de agradecido y contento aún no se recogió por aguardarle.

El mendigo jadeaba que daba espanto, y sus quijadas convulsionaban con tanto recio temblor como si fueran a desgajársele.

Félix le tomó del brazo, y subieron por el hosco y quebrado sendero de La Olmeda. Su mano recibía el sudor y toda la frialdad y flaqueza del mendigo, que andaba retorcidamente, abajándose por la pierna encogida, y mirándole, y mirándole, sus ojillos le relucían inquietos y húmedos.

Pasada la huerta de placer de Koeveld, soltó aquel brazo que le había helado su mano; parecióle que empuñó un hueso, un resto descarnado, suelto, roto.

Aspiró con avidez la perfumada frescura de los nogales. En la paz de los barrancos y oteros se derramaba y ondulaba la canción de los ruiseñores de La Olmeda.

Y de súbito, entre los negros montes resonó el grito de su nombre. Le llamaban; le buscaban. Y Alonso surgió de las tinieblas.

-¡Ay don Félix, don Félix! Le dijo que la señora estaba acongojada, que había encendido cirios como en las tormentas porque ya le creían perdido o despeñado.

Volvióse y descubrió la figura del lisiado.

-¿Y éste fue su guía? ¡Largo!

Su risa también la repitieron las montañas. Y como Félix confesase que se lo llevaba al casal, Alonso dio un fuerte empellón al pordiosero, que gimió aullando.

Alonso inclinóse al camino para coger piedras; y el miserable, que lo sabía como los perros de los campos lo adivinaban, brincó espantosamente y huyó.

Félix quiso llamarle; le gritaba. Retrocedió para buscarle; y al verlo el mendigo, temió y corrió más.

Esa noche, Félix tuvo un sueño de un hombre hirsuto y cojo aplastado de piedras, de un pollo desplumado y cornudo, y una paloma blanca degollada por un feroz cuchillo de cocina, y todo rodeado de la hermosura y alegría de la vida.

Don Eduardo no dejó que Félix reposase un momento. En seguida que vino se lo llevó para mostrarle todo el edificio, que era grande, encalado y alegre, con su reloj de sol de reluciente estilo en el hastial, encima de la placa del Sagrado Corazón de Jesús, que dice: "Reinaré".

Los lagares, la almazara y los trojes entusiasmaron a Félix.

Y su tío, sonriendo beatíficamente, repetía:

-¿Qué te parece? ¡No es posible negar que el Señor ha bendecido esta casa! ¡Yo creo que si sembrases rujillo saldría rubión o candeal! ¿Has visto el aceite? Dime si el de Andalucía tiene más transparencia; sabe a manteca fresca. Anda, haz el favor de probarlo; moja el dedo.

Félix tuvo que hundir el dedo en una reluciente panilla, y lo chupó.

-¿Qué te parece?

-Que sí que sabe a manteca fresca de vaca.

-¡De vaca, no, hijo mío! ¡De cerdo, de cerdo!

Pero lo que alborozaba a Félix no era precisamente la abundancia, sino el olor de granja, de feracidad, y la amplitud; hasta los sarmientos y piñas que se secaban al sol de los corrales le aumentaban, mirándolos y oliéndolos, el deleite y sensación de lo rústico.

Estas tierras suaves, gruesas, que mostraban todo el regocijo de la luz recibida en su llanura tenían la sencillez y mansedumbre de su dueño. Parecían nuevas, recién salidas de las manos de Dios, según diría doña Dulce Nombre. Es cierto que más le impresionaba el paisaje de La Olmeda, cuya fragosidad y la vejez y umbría de sus muros le presentaban tiempos antiguos, y en su grave silencio remansaban sombras, voces, toda la vida de los suyos ya muertos.

Isabel los buscaba. Vestía de rosa, y estaba dorada del aire y sol campesinos; sencilla, fuerte y hermosa, apenas recordaba a la doncellita delgada y tímida de la vetusta casa de Almudeles.

Félix casi la desconoció; y, contemplándola, le dijo:

-Hay en ti rasgos de mujer oriental, de hebrea, de la Virgen María. Estás llena de gracia...

Turbóse su prima como si también oyese al arcángel Gabriel.

-¡Sí, sí; tú podrás rezarme toda el Avemaría; pero si yo no hubiese venido, caminito llevabas de dejarme sola toda la santa mañana! ¡Y cuánto habláis los hombres no estando a nuestro lado!

-Ahora -le contestó su primo- llévame al sitio predilecto de tu heredad, que yo hago promesa de decirte todos mis pensamientos.

Y don Eduardo vio pasmadamente que el demonio de Félix cogía las manos de Isabel, y salieron corriendo como dos criaturas. Doña Constanza no lo hubiera autorizado; pero él sí, porque..., claro..., vamos..., no sabía por qué. Y enternecido, los miraba alejarse bajo el verde palio de los cerezos.

La carrera estremecía el gracioso busto de la doncella y le encendía bellamente la faz. Sus rizos, negros y espesos, aleteaban como golondrinas bulliciosas, que ella aquietaba soltando una mano de las de su primo.

-¡Pero, Félix! ¿Dónde quieres ir?

-¡Es verdad! ¿Dónde íbamos? Tenía tu mano como si fuera la de una hermanita... En tu casa de Almudeles, delante de doña Constanza, no te hubiese mirado tanto, y nuestro parentesco no habría pasado de primos...

Y ella le repuso, enojada y triste:

-¡Sí, muy hermanita; pero aquí estamos mi padre y yo solos más de diez días, y hoy es el primero que nos vemos! ¿Es eso de buen hermano?

Félix saltó una acequia de agua traviesa y clara, y luego la auxilió para que pasase. Eligió un mullido, espeso de hierbecita y rubio de alhumajo, de un pinar cercano y joven, y, mirándola en su mirada, dijo:

-Yo, Isabel, no te he olvidado... ¿No lo crees? ¿A que tú no recuerdas nuestras palabras cuando nos despedimos, y yo sí? Te dije: "¡Qué poco te he oído!" Y entonces tú contestaste: "¡Y yo, qué poco te he visto!"

Isabel, que parecía distraída jugando con pedrezuelas dentro del arroyo, removió el agua aplaudiendo gozosamente.

-Sí, es verdad, Félix... ¡Y yo también me acordaba!... Entonces, ¿por qué no has venido?

-¡Si no lo sé! Lo deseaba desde que supe que estabais aquí, y todavía más porque doña Constanza y Silvio no habían vuelto de Valencia. Y esta noche me he despertado muchas veces deseando el día para venir. Hoy creo que eres tú sola la única mujer en toda la tierra; y todo lo que veo está lleno de tu figura y de tu vida.

Ella había sacado sus manos de la corriente, y se las enjugaba muy despacio en la orilla de su delantal.

-¡No me hablas, ni siquiera me miras, Isabel! Te has mustiado repentinamente, como en presencia de doña Constanza.

Alzó Isabel sus ojos, y recogió dentro de su vida la imagen de Félix. Tomaba su mirada la sensación de aquella figura, guardándola en ese íntimo sagrario que está escondido para nosotros mismos. Aquel hombre tenía transfiguraciones que la asustaban. Rubio, encendido de sol, fuerte, audaz, resplandeciéndole los ojos como preciosas esmeraldas de una imagen de oro de ídolo; sonaba su palabra trémula y dulce, y sus labios eran de fuego, y prometían deleitosa frescura... ¡Oh, el hombre de belleza de Lucifer, el compadecido de su padre, y notado y temido de peligroso! Y la doncella se lastimaba de sí misma, sintiendo que él era el fuerte y ella la débil y amenazada. Pero luego Félix, hablando o contemplando en silencio lo remoto del paisaje, descaecía y se apagaba; los fastuosos ojos de dios parecían de santo mártir, de niño enfermo que presiente, que pregunta, que mira como si hubiese visto el paso de un aciago fantasma o de ángel siniestro; su boca estaba contraída y amarga, y su frente, muy pálida, muy triste... Y entonces Isabel recuperaba su fortaleza; era la poderosa y se apiadaba de la fragilidad de esa criatura, tan distinta en sus alegrías y en su languidez de infortunio, de Silvio, de su confesor, de su padre, del señor notario, de todos los hombres.

Los rodeaba la mañana campesina en su plenitud de sol, azul y silencio. Parecía escucharse y verse el pulso secreto de toda la vida en el agua del manantial que saltaba gozosa, en la tierna espesura de la vega, en los pinares, que al recibir la lumbre lozaneaban opulentos y jugosos, como después de la lluvia, en las montañas, sumergidas dentro de blancas y finas llamas del día.

Recogida humildemente encima de su otero, a la sombra del cerezal, dormía la aldea de Posuna, y desde el fondo de su silencio subía como una flecha sonora el bizarro cántico de un gallo, o iban brotando las horas de la torre y se derramaban por toda la llanada.

Desde el casal les gritaron que fuesen. Ellos se miraron hasta en la hondura de sus corazones.

Y de súbito la mirada de Félix llenóse de júbilo, y quitándose su blanda americana y desnudándose los brazos hundió su cabeza de oro en el manantial. Riéndose, le gritaba a Isabel que le imitase. Ella consintió, y el agua se regocijó en espumas, y prendió de aljófares sus cabellos, lloviéndole por su frente y sus mejillas, que mojadas daban transparencia de nácar.

Los dos se secaron en la fina batista del delantal; Félix lo aspiró como si fuese un pomo de rosas, y con su aliento entibió el frío de la húmeda tela... ¿Por qué entonces se entristeció su alma y le desbordó el recuerdo de doña Beatriz llena de luna, blanca, llorando?

Cuando se volvieron estaba parado delante del portal un viejo carro cosario. Bajaban un cofre de piel reluciente de cabra barcina, y atadijos y cestos, y después aparecieron doña Constanza y Silvio.

Corrió Isabel a recibirlos. Félix abrió el varaseto de la huerta y perdióse entre macizos de dalias. Sobre el intenso cielo surgían los tirsos de las malvas reales y los girasoles, que inclinaban sus enormes onzas como cabezas pensativas. Oía la hervorosa estridulación de las cigarras, el sonar de las colleras de las mulas, que le miraban y entornaban resignadamente los grandes ojos, esperando al amo.

Arriba, en la solana techada por una vid, pampanosa y vieja, conversaban y reían. Isabel le llamó, y él, violento, le dijo que se marchaba a La Olmeda.

Tuvieron que bajar su prima y tío Eduardo. Se quejaron; le riñeron tiernamente, no comprendiendo ese antojo. Cuando subieron hízose doña Constanza muy pasmada y dijo:

-¡Por Dios, que este mozo se ha hecho fuerte y moreno como un labrador!

Y Félix casi no le pagó el saludo, porque se distrajo mirando una hormiga enredada en las sutiles mallas de la albanega de la señora.

La cual, terminada la comida, retiróse a su dormitorio. Su hermano, Isabel, Silvio y Félix, después que tomaron un licor de hierbas hecho en la heredad, salieron por un camino orillado de cerezos muy copudos. Llegarían todos a Posuna, y aquí se separarían los dos postreros para volver a La Olmeda.

Pasó una labradora seca, abrasada; las mejillas, sumidas; los ojos, sepultados; los labios, funcidos; tenía fijo el visaje que da el mirar la cruda luz de los horizontes levantinos, y la crispación, la mueca que plasma el constante pensamiento en pesadumbres. Sus pechos eran lisos, su vientre, hinchado por abandonos y trabajos de una maternidad insaciable; y bajo el ruin zagalejo asomaban desnudas las piernas, renegridas, leñosas. Llevaba un paraguas viejo, enorme, pardo, sin puño. Estos paraguas casi nunca tienen puño, y su mutilación dice grandes miserias. Han estado muchos años en las frías cámaras de una casona, entre cueros de aceite desgarrados y arcaces y cedazos rotos; una araña tendió sus nieblas por el varillaje; hasta que un día, una anciana señora, descolorida, enlutada, lo recuerda, y dispone que lo bajen. Ve el paraguas polvoriento, sin puño; nada más le queda la tuerca y dos agujeros como dos ojos vacíos. Lo aspira; huele a vejez, a vida marchita, y lo da a la
familia labriega.

Todo lo imaginó Félix, y luego, mirando a la mujer, dijo:

-Estas mujeres campesinas no tienen edad, como su quitasol no tiene puño. Son todas lo mismo en estos contornos.

-Pues ésta sí que la tiene, y muy poca -le repuso Belita-. Yo la conozco; aún no llega a los treinta años y es muy desdichada; su marido es tuerto, enfermo y feroz.

¡Joven aquella mujer tan dura, tostada, pomulosa, y cuyo recio esqueleto amenazaba agujerearle la piel grosera como de tierra de los barbechos!... ¡Y fue dotada de sensibilidad para las ternezas y el deleite de las mujeres blancas, fermosas y exquisitas!

Estas simples imaginaciones herían a Félix con agudo filo. Se pasmaba; decía que aquello era injusticia. Sus primos y tío Eduardo le contemplaban admirados de su admiración; le sonreían, pero se sobresaltaban de lo raro de ese humor.

-¿Comprendéis vosotros una estrella de figura de tubo y negruzca? ¿Habéis visto, ni aun en animales inferiores, que se deformen tan angustiosamente por el sufrimiento¿... ¡Yo no lo he visto!

-Félix, hijo, ¡y qué le vamos a hacer! ¿Y eso te espanta siendo tan natural?

-¡Tío, por Dios, no blasfemes sin querer!

-¡No, hijo, si yo lo decía por... claro! Mira, mira esas alfalfas; ocho veces se siegan. Las de La Olmeda y todas las de este contorno no pasan de seis.

Félix no le atendía. Volvióse a su prima; la vio vestida de blanco, sencilla y grácil como las flores; ¡así debieran ser todas las mujeres, fragantes, delicadas y dichosas, sin arrugas en la seda de su frente por pensamientos de codicia o de agobios!

Quedóse solo delante. Y los demás decían muy callando: "¡Es como él! ¡Tiene las mismas quimeras del muerto!"

El camino se retorcía, y apareció el río, hondo, encendido, rápido, que allí daba fragor de mar, como si no fuese el mismo río somero y silencioso que azuleaba sosegadamente por el llano.

Cerca había un molino harinero, con sombra de blancos álamos que semejaban candelabros de plata movediza. Por encima volaba, rodeando, un bando de palomos.

Quedóse el pueblo a la diestra, apretado, rojizo y hórrido.

Cruzaron un puente de arcos ojivales; entre sus piedras viejas, morenas de humedad, reventaban bravíamente las ortigas; todo se copiaba, dorado y trémulo, dentro de las aguas, en las que parecía emerger el pasado; y el río, la puente, las orillas espesas de cañar, de mimbres y carrizos, todo tenía una belleza arcaica y evocadora.

Por la otra vera subían en gradas los maizales, resaltando el enjalbiego de las masías, con sus frescos y gentiles chopos. Después se extendía el cerezal, envolviendo torrencialmente la aldea, coronada por los cipreses del Calvario.

Cuando se apagaba el trueno del río surgía un hervor de espumas y el antiguo, triste y pesado ruido de las viejas muelas de la aceña.

El campo y toda la tarde se abismaban pronto en un infinito silencio que se oía. Dentro de esa paz caminaron juntos Isabel y Félix; ella mirándole y no sabiendo que lo miraba; su padre y Silvio conversando de saltos de agua y de sus empresas eléctricas. Pero don Eduardo había de callarse porque, con frecuencia, Silvio, quedábase imaginativo y sin decirle palabra.

Se distanciaba, se esclarecía la arboleda, y viose un sendero y un rudo cercado con puertecita de maderas desclavadas y podridas, y encima una cruz. Seis cerezos grandes, centenarios, entraban su verdor descansando las ramas en los muros.

Destocóse don Eduardo; Silvio, también. Isabel se persignó.

Era el cementerio de Posuna; la tierra estaba cubierta viciosamente de hinojal y malvas que ocultaban las cruces. Había olor de jugos de verdura. En un rincón florecían dos varas de azucenas y una llama de amapolas, rodeando la única losa: era la sepultura de una carmelita que pasando al convento de Almudeles murió en la aldea.

Las ramas de los cerezos, ensangrentadas de fruta, pasaban doblándose sobre la frente de Félix. Levantó las manos para acercarlas, y tío Eduardo le pidió que no lo hiciese, que no comiese cerezas.

-¿Que no las coma? ¡Pero si son gordas y muy maduras, y ya están frías, lo mismo que si amaneciera!

-¡No importa, Félix -añadió Isabel-; mira que son de cementerio!

Accedió su primo, y se apartaron por el camino del Calvario.

Entre los cipreses paseaba el párroco, gordo, velludo, con alpargatas, solideo y sombrilla, y un hacendado de Posuna, hombre seco y alto, antiguo amigo de don Eduardo y de todos los Valdivias; el cual apenas los vio llevólos a su casa para agasajarlos; y de merienda les dio leche, manzanas y rebanadas de pan, moreno y tierno, con cundido de arrope. Era de condición pacífica y devota, y dueño de casa grande, de mucho olivar y viña. Para que Silvio y Félix llegasen antes y descansadamente a La Olmeda, ofrecióles un jumento y un hermoso caballo blanco, de limpias crines y pomposa cola, lustroso y gallardo como el que pintan en la aparición de San Jaime. No lo quiso Silvio, prefiriendo el asno, y la briosa bestia quedó para su primo.

Acaso nadie vio la mirada de entristecimiento del hijo de doña Constanza al sorprender la rendida de Isabel ante la sencilla gentileza de Félix, que reía gozoso del ímpetu y fiereza de su cabalgadura. Félix la regía y domeñaba sabiamente, aguijándola, conteniéndola. Y al fin la dejó libre; y caballo y caballero, blancos, luminosos del fausto y resplandor del ocaso, se perdieron gloriosamente entre el polvo, el sol y la arboleda del camino.

Sosegado como un prior de viaje, seguíale Silvio.

Lejos se reunieron, prosiguiendo juntos, muy despacio y callados.

Miró Félix a su primo, y lastimóse de su apocamiento. La bestezuela y el hombre semejaban mustios por una misma meditación y pesadumbre. Y le dijo:

-¿Es posible, Silvio, que nunca los hombres, aunque caminen juntos, como nosotros vamos, hayan de pensar y sentir igualmente? Lo digo porque cuando yo estoy desamorado, hosco, insufrible, tú andas solícito, tierno y cordial. Ahora que siento comezón de gritar, de reír, de expansionarme, acaso por los buenos dejos de este día, sin acordarme de los desabrimientos de tu madre, tú, ni levantas los ojos, postrado de no sé qué negras ideas.

-Mi madre no te aborrece; es que me quiere demasiado, y se piensa que tú me perjudicas. Y yo, yo no tengo ninguna negrura de ideas...

Otra vez siguieron la jornada silenciosos. Y al cabo de un buen trecho fue Silvio quien habló murmurando como una moscarda:

-Viniendo de Benferro a Los Almudeles, subimos a un departamento donde había dos señoras que te nombraron mucho...

-¿A mí?

-A ti, a ti... Yo las miré; ellas también se quedaron mirándome; entonces mi madre quiso que nos apartásemos a un rincón...

-Pero, ¿cómo eran?

-Como no son las de Almudeles ni las de Valencia; ya ves, Isabel, que te parece tan hermosa, pues... nada, no es nada en su comparanza... Y te nombraron; era a ti.

-Silvio, ¿quieres a Isabel, y por eso te enojó que yo hablase tanto con ella? Dímelo...

Silvio pretendió reírse, y sólo hizo una mueca desdeñosa.

-¿Que si quiero a Isabel¿... ¡La quiere más mi madre!

Y volvieron al silencio. Silvio no lograba olvidar a las gentiles damas del tren que pronunciaron el nombre de su primo, ni la visión del blanco huracán del caballo y Félix, que emocionó a la doncella.

El despecho y la rudeza de esa alma, siempre tan humildosa, afligía al romántico. Volvióse a la dulce memoria de su prima, y parecióle que lejos, bajo el cielo constelado, se abría una flor llena de fragancia para recibir su pensamiento. Toda su vida y toda la noche estaban purificadas por la milagrosa presencia de esa virgen. Recordaba hasta las matas de los senderos que ella había pisado. Se imaginó viviendo con Isabel en estas soledades, amándolo todo en ella... Y el espectro de tío Guillermo se le apareció interiormente, conturbándole... ¿Y él era impetuoso, delirante como su padrino, y se regalaba trazándose un sosiego aldeano semejante al del "caballero del verde gabán"¿ ¡Nunca, nunca lo hubiera apetecido Guillermo, que pasó por la vida, hendiéndola como un águila, como un arcángel trágico! El espectro se le apartaba, se desvanecía... Lo confesaba: él no era como ese hombre genial y desventurado... Y sintiéndose libre, solo, señor de sí mismo, gozaba de altivez... y nublábase de tristeza, queriendo arrancar de sus entrañas la compañía del muerto. ¡Qué padecer, Señor!

Cerca ardían los zarzales y gramas de un ribazo. Las llamas enrojecían la noche, alumbrando siniestramente la casa de labranza de Giner. Por un muro danzaba y se rompía un horrendo fantasma de sombra; y surgió el mendigo lisiado, que se allegaba para pedir a los caminantes. De pronto huyó gesticulando, bauveando...

-Félix, ése te tiene miedo...

Salieron gentes; en las habitaciones altas se alumbraron las ventanas, y apareció el matrimonio Koeveld.

Doblóse de tristeza el corazón de Félix. ¡No sólo le huía el vagabundo; también se le alejaban esas dos pobres almas, hasta abandonar su recogido huerto de la hoz!

Volvióse a mirar la masía. El humo de las hogueras, espeso y blanco, volaba anchamente, esparciendo el rubio maíz de las chispas...

Se hundieron en la quebrada de La Olmeda; y al pasar junto a la quinta, que Félix imaginaba en abandono, recibieron la inesperada luz de todos sus balcones. En el portal había dos acémilas brumadas de equipaje. Ladraba ferozmente el perro desorejado. Dentro, en la casa, resonaba un alegre vocerío...

En tanto que Félix acababa de vestirse, comentaba con mucho donaire la blancura de tío Eduardo y la rigidez de doña Constanza.

Tía Lutgarda, que le escuchaba con embelesamiento, le dijo:

-¡Llegarás a quererla tanto, que no podrás separarte de esa señora!

Riéndose y ciñéndose el lazo de la chalina, acercóse Félix a la ventana.

Llovía delgadamente. Sobre los cónicos almiares, recién dorados por la mollizna, cruzó el dardo de un halcón. En la fronda, remozada, tierna, olorosa, gritaban escondidos los pájaros.

Fueron al comedor, y Félix y Silvio desayunaron presididos por tía Lutgarda.

De repente, encendióse la mañana. La ancha masa patrimonial tornóse rubia, como si en los manteles se hubiese volcado un tesoro o un haz de mieses maduras. Era el gozoso sol de junio, que había traspasado nubes y boscajes y penetraba hasta en el alma de Félix.

Cuando los dos primos salieron, ya estaba el cielo limpio, joyante, de un azul nuevecito y húmedo, como el verdor de los árboles que goteaban la lluvia pasada y retenida.

Silvio se marchaba a Los Almudeles para entender de los negocios de tío Eduardo, a cuya heredad regresaría por las tardes. Félix sólo le acompañaba hasta las colmenas. Detrás iba el hijo de Alonso, llevando de la jáquima una borrica, mansa y preñada.

Ya cerca de El Retiro, vieron a un rapaz que les preguntó por el señorito de La Olmeda. Félix le indicó a Silvio; el cual, dudando, dijo:

-Pero, ¿es a mí o a él?

Repuso el muchacho que el recado lo traía para el de La Olmeda. Y como Félix insistiese en su calidad de advenedizo o forastero, adelantóse su primo hacia el huerto de Koeveld.

Los otros quedaron aguardándolo bajo los álamos del río.

A poco, oyó Félix que gritaban su nombre desde la finca. ¿Pues para qué le querrían¿... No sería el hosco y celoso Giner, que estaba en su hacienda del llano; y recordó, entonces, que viniendo de la aldea hallaron El Retiro muy alumbrado y bullicioso.

De nuevo le llamaban.

Subió Félix. En la escalera, clara y diminuta, flotaba un tenue perfume que acabó de alejarle la imaginación de Koeveld.

Hallóse a Silvio, que bajaba.

-¡Era a ti, era a ti!

Y cuando pisó el último peldaño, Félix exhaló un grito de suprema felicidad.

-¡Madrina..., madrina!

Doña Beatriz le abandonó sus manos, sonriéndole calladamente.

-¿Y Julia?

-Aquí la tienes, también...

Y se derramó, apasionada y dulce, la risa de la doncella.

Como el goce es siempre bueno y piadoso, Félix recordó enternecido la soledad del hijo de doña Constanza, y quiso que lo buscasen.

Salieron al balcón y le gritaron que viniese.

-¡No era a mí nada más, Silvio! Es fiesta para los dos; comeremos juntos... ¡Ven!

Y vino Silvio, aunque reacio y todavía fosco de los celos padecidos. Las bellas forasteras le acogieron con tan sencillo agrado, que la cohibida palabra del señorito lugareño se fue desatando, y su encogimiento y sofocación trocáronse en demasiada campechanía.

Beatriz y Félix se apartaron en el saledizo del balcón.

-¿Qué piensas, qué crees viéndonos aquí?

-¡Yo, ni siquiera creo que hayáis venido!

-¡Qué cortedad tiene la mirada de los hombres! Lo digo porque mi viaje estaba decidido antes que tú lo desearas. Nuestra ruta era Valencia, y luego estos campos. Yo temí que lo supieras por la llegada de la madre Giner. Con ella hablé y ella concertó con su hijo que nos alquilasen este huerto.

-Pero, ¿y Lambeth, lo sabe?

-Lambeth deseaba este veraneo, y casi fue él quien lo propuso a Julia.

-¿Que él lo deseaba? -exclamó pasmadamente Félix.

Doña Beatriz desvió el diálogo, diciéndole:

-Más de un mes hace que nos separamos, y sola una carta me has escrito, nos has escrito, Félix. Prometías muchas, y nos llamabas...

-No; la llamaba a usted, nada más que a usted, "madrina mía".

Se miraron. Y Félix no vio en sus ojos ni en su boca a la mujer poseída, sino a la dama velada y codiciada.

-¡Después, Félix, no llegaron más súplicas!

-¡Si no sabía vuestro paradero!

-Yo no podía decírtelo, porque... estaba en Almina, preparándolo todo para nuestro encuentro... Mira, Félix, no sosegaba de alegría y temor. Tuve miedo de... morirme, sí, de morirme antes de llegar.

Se contemplaron; y ahora sí que vio él la boca besada y los ojos besados.

-¡Por Dios, basta de coloquio! -les gritó Julia.

-¡Pues qué! ¿Vosotros estabais mudos acaso? -le replicó Félix entre risas y enojos.

-¿Te supo mal que hablasen tanto? -le dijo Beatriz mirándole intensamente.

-¡Madrina!... -y apresuróse a llevarla de la mano a su asiento.

Fué el almuerzo de mucho primor y júbilo, aunque Félix comió algo callado y poco. En cambio, Silvio, que al principio sentíase violento de la presencia de su primo viendo en éste al antiguo y preferido, se animó luego por la alegría y llaneza de Julia. Estaba inflamado, desbordante de regocijo y de manjares. Habló del campo y de sus gentes. Le preguntaron si había parajes de mucha altitud donde hacer agrestes expediciones. Silvio dijo que lo más hermoso era "Cumbrera de Nieve"; él nunca había subido; desde la ventana podían mirarla. Y se levantó mondando un ala de gallina y con la servilleta atada al macizo cuello.

Detrás de las montañas orientales vieron la sierra famosa, lejana, fina y azul, escondiéndose, penetrando en el cielo.

Servían el dulce cuando vino Alonso, que traía un recado de urgencia para Silvio.

Hiciéronle subir, y antes de hablar estuvo el labriego avizorándolo todo menudamente y se pasó por su labio, gordo y rasurado, una lengua pesada, ancha y brutal.

Doña Lutgarda preguntaba a Silvio si había olvidado el ir a Los Almudeles; y le advertía que al retorno se quedase aguardando en Posuna a la familia, pues anunciaron su visita a La Olmeda.

Silvio se puso rojo; inclinó la mirada; todos sus rasgos, tan exaltados, se aquietaron. Parecía hallarse delante de la señora-madre. Tartajeando, despidióse, y en su frente, corta y morena, se hizo un recio oleaje de arrugas.

Y cuando, más tarde, pasaba, desmañado caballero en su borrica parda y preñada, conmovióse de envidia y de vergüenza, recibiendo el saludo de Félix y sus amigas, que estaban solazándose en la umbría de un parral.

Después de sabroso coloquio, recordando las tardes en el huerto de Almina, abrió Julia su sombrilla de seda, dorada como el heno maduro, y alejóse por el sendero de la ribera.

Solos Félix y su bella madrina, quedaron silenciosos, recogiendo todo el aliento del paisaje, contemplando juntos.

-¡Qué distinto eres de Silvio y de todos!

Félix la miró inmensamente, y le dijo cerca de sus sienes:

-¡Déjeme..., no; déjame que sea egoísta; no hablemos sino de nosotros! Toda mi alegría, ¡más que alegría!, mi exaltación de sentir, de vivir, recibida por tu llegada, comienza ahora a comunicárseme por toda mi sangre... ¡Tenerte libremente, y aquí! ¡Qué nuevas hermosuras hay en los árboles, en las montañas, en el azul, y hasta en las hierbas humildes de ese camino que se alborozan bajo la gracia de una gota de sol!

Y Félix le tomó las pálidas manos, y besó sus dedos y sus sortijas, y en una llama amatista puso un beso muy lento que empañó la joya.

-¡Eres mi prelada, madrina mía!

Silenciosa y trémula, Beatriz le sonreía con entristecimiento.

Félix sacó de su cartera el trocito de pan, tan olvidado, que mordiera en el tren.

-¿No lo recuerdas? Te lo quité la mañana que nos despedimos. Durante el viaje, ha sido mi viático de amor, y no lo comulgué del todo para no quedarme sin nada. Ahora, sí, porque te tengo, besa y come también de tu reliquia.

Ella quiso rechazarlo.

-Sí, sí; tú también. Es una rareza; es como ver que te besas a ti misma y es para mí como una tentación contenida, para luego colmarla, gozarla más; ¡tener tu boca y besar y morder este pan seco que pudo hacerse tu carne!

-¡Pero, si es una locura mi vi...!

-¡Acaba! ¡Sí; tu vida!

-¿Quién te dijo que es tuya mi boca?

-¡Tu boca y su dulce humedad, y toda tú, madrina!

La ciñó con sus brazos. Ella le vio dos estrellas verdes dentro de los ojos. Quiso apartarle y resistirle. Estaba muy blanca y medrosa; y verdaderamente parecía más débil, más pequeñita que el amado.

-¡Por Dios, Félix; estamos encima del camino, y se me figura que hasta las piedras y las matujas nos miran!

-Pues ven al lado del río.

Y bajaron corriendo infantilmente.

En la arboleda resonó un aplauso gozoso de alas.

-¡Hasta hoy, madrina, he vivido incompletamente en estos campos! ¡Y yo que creía ver y sentir sus hermosuras! ¡Los pobres cabreros y los campesinos y los sabios que están solos en las soledades!

Había un tronco cortado, tendido, hundiendo la felpa viciosa de la hierba, y lo hicieron almohada, pasando cruzados sus brazos para reclinar sus cabezas. Y se acostaron, viendo el cielo entre el follaje blanco y estremecido de un álamo...

Félix murmuró:

-Nuestro amor siempre tiene un trono de blancura, de castidad. El primer estrado fue de luna, ¿te acuerdas? Mira, esta tarde, el amparo de este árbol grande y sencillo, árbol de portal de molino; y hay, también, fragancia de inocencia, de simplicidad; y tú eres dorada como el trigo; sencilla y patricia para amar, molinera y princesa.

La besó; y apartóse para mirarla, porque todo el precioso cuerpo de la mujer temblaba. Parecía adelgazada de tan pálida. Y Félix la quiso con ternuras de compasión. La besaba en los ojos, en las sienes, dentro de la boca, diciéndole anhelosamente:

-¡Qué tienes, que pareces desventurada!

Y Beatriz, dichosa como nunca, lloró. En el árbol cantaba una avecita.

Rendido, Félix descansó su cabeza en el regazo de la amada.

Las manos de la señora jugaban alisando los rubios cabellos del hombre; y la caricia descendió a los labios y se detuvo en la garganta; desciñeron el lazo azul de la chalina; y Beatriz se inclinó para contemplarle.

-¡Tu cuello es de estatua de mármol de un dios cruel! -y lo besó suavemente.

Se separaron porque habían crujido las hojas y gramas del sendero. Entre los árboles llegaba, mirándolos, la hija.

Pero Julia desapareció en el boscaje. Subía hacia El Retiro; y al pisar el camino, tuvo que apartarse porque pasaba una familia viajera. Ellas, las mujeres, iban en jamugas de zaleas, sobre mulas, muy gordas, cuyo ronzal llevaban campesinos mudados y reverentes. Un caballero anciano hablaba con el hombre que estuvo en El Retiro para llamar a Silvio.

Todos la miraron mucho.

¡Qué aliento, qué alas nos llevan y remontan gloriosamente a las más altas cumbres de la vida, y qué mano velluda, gorda y callosa, mano de Alonso, nos postra y sepulta en abismos, donde asistimos a nuestro propio acabamiento! Casi con estas palabras se decía Félix su íntimo examen, y ellas parece que le hicieron acordarse de las de Stendhal: "Nada es tan doloroso como examinarse y dudar cuando se goza".

Porque Félix guardaba todavía en sus labios y hasta en sus entrañas la gustosa suavidad del último beso de doña Beatriz, recibido al tomar de la enyesada y florida cantarera la limpia jarra trasudada de frescura.

Salió de retorno a La Olmeda. Toda la tarde, tan azul, tan infinita, estaba aromada de mujer, como su boca.

Pero Félix no saboreaba su delicia, sino que la inquiría, la anatomizaba.

¿Por qué quiso Lambeth que Beatriz y Julia viniesen? Al separarse le pidió a su "madrina" que se lo dijera. Y ella, entre aturdida y desconfiada y ruborosa, murmuró:

-¡Quién sabe sus propósitos! Lambeth sospecha nuestro pecado; pero también me cree, y es cierto, Félix, ¡me cree demasiado vieja para ti!, y Lambeth sabe la firme riqueza de vuestra casa... Es un mercader que nunca se fatiga de serlo, ni aun en sus ternuras de padre. El tuyo habla por Almina de una Valdivia de mucha hacienda y hermosura como prometida tuya. ¡Es de veras, Félix, o lo dicen sólo para que yo lo sepa.... Y Lambeth... piensa en su hija.

Y la fragancia del beso de doña Beatriz se apagó en los labios de Félix mientras repetía:

-¡Lambeth sospecha nuestro pecado!

¿Qué pecado? ¿Es que resultaba un truhán, un adúltero¿... Lambeth "es un mercader". ¡Mercader! ¡Pecado!

Y entonces sintió que le traspasaba la mirada de Julia, aquella mirada de la hija, saliendo entre los árboles.

Llegó a La Olmeda, y, o la sequedad y acritud de su ánimo las veía reflejadas en tía Lutgarda y aun en la viuda Teresa, o es que verdaderamente le acogieron ellas con desabrimiento; y así la cena y luego la tertulia al amparo del soportal fueron breves y muy calladas, con algunos suspiros de la fámula y miradas atisbadoras de la señora.

Félix subió temprano a su aposento. Y ni la santa belleza del cielo ni los cantos de los ruiseñores, que quizá llegaban desde el álamo que endoseló su amor, le dulcificaron. Sentía un desconocido dolor y enojo de sí mismo, sin mezcla de generosidad, que suele tener el remordimiento, Isabel olvidaba, y Julia, mirándole tristemente, pasaban delante de la imagen de Beatriz, sobre el fondo de la noche, trémulo de estrellas. Mucho tiempo las vio... Y durmióse, pero no como los héroes primorosos de novela, que no duermen o duermen inquietados de quimeras románticas; Félix durmió hasta con pesadez.

Tuvo que despertarle tía Lutgarda, y ya el sol estaba alto, para entregarle, seria y compungida, una carta. En seguida salió y reunióse con Teresa. Las piadosas mujeres suspiraron juntas.

Después pronunció la señora:

-¡Si al menos fuese ese billete de la hija! Pero mucho temo que cartas y amistad sean sólo de la madre.

-¿Y es casada?

-¡Y cómo si lo es! ¡Claro!

-¡dulcísimo!

Y se fueron a la sala de las andas.

Beatriz llamaba a Félix. Estaba sola en El Retiro, porque la esposa de Giner llevóse invitada a Julia.

Félix vistióse presurosamente y tomó su sombrero. Una hoguera de alegría se había encendido en su alma. ¡Qué alientos, qué alas nos suben a las más excelsas cumbres de la vida! Esta nuestra pobre ánima, seca, agrietada, terronosa, como un campo sediento, yermo y maldito, y, de súbito, viene un agua de milagro que parece llevar todas las hermosuras copiadas en su corriente, y nos resucita y llena de flora virgen, fuerte y deliciosa, del Paraíso. Y pues ahora le bañaba y lozaneaba su vida ese venturoso riego, Félix prestó oídos también y obediencia al epicúreo aviso de Henri Beyle: "Á la bonne heure, suivez la route la plus agreable, ayez du plaisir: mais alors ne dogmatisez pas".

Y exaltado de júbilo, acordándose de su abatimiento de la pasada noche lo que de las nubes de antaño, bajó a la estancia de la Cruz.

Teresa presentóle el desayuno en la delgada mancerina que tanto le agradaba. Mas sólo la miró Félix para rechazarla.

-Pues, ¿cómo, hijo..., no lo quieres?

-No, que he de comer muy pronto con mi "madrina".

-¿Tu madrina, dices? ¿Es ésa, la forastera? ¡La del pañete de Nuestro Señor! ¡La de Guillermo!

Sentóse Félix, contrito y avergonzado. ¿Quién hizo resbalar su lengua con óleo maldecido para decir tan grande deshonestidad? ¡Oh, que no supo lo que hablaba ni hacía! Y con mucha sumisión tomó el pocillo del oloroso soconusco.

Tía Lutgarda le contemplaba entristecidamente y en sus ojos cristalizábase un recuerdo inefable.

Después algo quiso decirle al antojadizo sobrino y no pudo atreverse.

Instábala con los ojos la viuda Teresa, y al cabo, viendo que Félix se alzaba, murmuró:

-Avisaron de la hacienda de tío Eduardo que comiésemos allí, porque esta tarde pasaba la familia al Calvario de la aldea, en cuya ermita sufraga doña Constanza rosario y sermón, en memoria de su esposo, que hoy se cumple el aniversario de su muerte.

Hizo una pausa, esperando ofrecimientos de Félix. El cual cogió su cayada de acebo, que le mercó el hijo de Alonso en Almudeles, y se dispuso a salir. Entonces, la señora, dulce y solícita, le pidió:

-Dime, Félix: ¿no quieres ir a la heredad de Belita? Mira que yo no puedo, porque me rinde el camino. ¡Siquiera tú...!

-Comer, no; pero te ofrezco ir al Calvario. ¿Estás contenta?

Tía Lutgarda sonrió resignadamente.

... El Retiro, blanco, luminoso, parecía hecho y cuajado de la claridad de la mañana. ¡Cómo lo transformaba la presencia de doña Beatriz! "¡La de Guillermo!", había dicho tía Lutgarda... Y el recuerdo del muerto, que antes mucho le halagaba, pisó con frialdad el corazón de Félix.

... Doña Beatriz le abrió un postigo del portal, y se besaron libremente en la entrada, recién rociada y toda olorosa de matas de albahaca y murta nuevas que había en el alizar de los cántaros.

-Estaremos solos. Las dos criadas se marcharon con Julia, y la familia labradora fue a Posuna; les di licencia y dineros para que feriasen a los muchachos... ¡Cuánto deseé este día!...

-... ¿Nunca estuviste aquí con... mi padrino?

-¡Nunca pude!

-Pero ¿es que le quisiste... como a mí?

La voz de Félix era incisiva, delgada y temblorosa.

-Guillermo se me acercaba y se desvanecía como una luz de magia. fue dulcísimo nuncio de tu amor.

Y, sonriéndole serenamente, cogió sus manos y subieron.

Estaban entornados todos los maderos de los balcones para mitigar el sol sin quitarle pureza y frescura al oreo campesino.

Juntos fueron a la cocina. Las támaras de enebros y de pinos, hechas ascuas, conservadas en su ceniza, rodeaban las lucientes cacerolas, estremecidas por su íntimo hervor.

Beatriz, ciñéndose con una mano la blanca falda, alzaba con la otra las tapaderas de los cazos y ollas; y Félix alcanzaba de la leja la salvilla de la sal, los potecitos de las especias; y los dos guisaron, creyéndose hermanos pequeños que juegan a las comiditas.

Isabel y Julia huyeron vencidamente del corazón de Félix. Beatriz era la triunfadora; estaba adornada de todas las mieles y gracias de las doncellas, y para amar tenía misterio y abnegación, ternezas y sabiduría.

-¿Verdad que te gusta nuestro trabajo? Han podido dejarme un almuerzo de fiambres, o todo ya preparado; pero yo quería una comida rústica. ¿No me dijiste que olía mi cuerpo a tarde y a mañana de los huertos? Pues hoy he de darte olor de humo de leña... ¡Y mira cuán hacendosa y limpia: ni una mancha!...

Acercósele Félix y, aspirando la garganta de la mujer, le dijo:

-No hueles a leña quemada, sino a manzanas y a nardos. ¡Siempre a ti!...

De una honda alacena tomó Beatriz un amplio delantal de lienzo blanquísimo y recio, que trascendía a colada reciente, y se lo puso con mucho donaire.

-¡Eres una princesa vestida de cocinera para dar de comer a un pobrecito!

La abrazó delirante, y olvidaron la lumbre y los guisos, y la gran cocina quedó en soledad.

Todavía abrazados, entraron al dormitorio. Había dos camas recatadas con nieblas de gasas; y, antes de separar los velos de la más ancha, dijo Beatriz:

-Aquélla es la de mi hija.

Y sin mirarse se desciñeron y dejaron la estancia. En medio de la contigua alzábase otro lecho grande y dorado.

-¿Y ésa? -deslizó Félix muy despacito.

-Es de Lambeth...

-¡De Lambeth..., de tu marido!

Se contemplaron pasmadamente, porque él había pronunciado por primera vez en todo su amor una palabra que los manifestaba culpables...

Félix resignó su frente. Entristecido, parecióle a doña Beatriz más hermoso, muy niño y suyo; y de la brasa de su pasión sintió que brotaba una llama de un claro amor de mujer madre.

Y purificados, inocentes, volvieron a su trabajo y juego de guisadores infantiles.

... Pasaba la siesta cuando Félix salió de El Retiro.

Desde la solana volvieron a prometerse el hallarse después en Posuna.

Félix era dichoso; creía deslizarse por el azul de la tarde; pero en el vaso de su alma resbalaba una gota de hiel.

¡Acatado sea divinamente el poeta que supo cantar el amargor que nace del seno del placer, amargor escondido hasta en las mismas flores! Del sabio Lucrecio digo.

Lícitamente se puede afirmar que los padres del señor párroco de Posuna no supieron palabra de Sócrates.

Pues bien: sin conocerlo, siguieron el prudente aviso del filósofo que recomienda el dar a los hijos nombres significativos y sonoros; y al suyo, que, andando los años, había de ser capellán de su aldea, le pusieron Leonardo.

No consta que tuviese eficacia tan grande acierto y cuidado.

Mosén Leonardo era muy buen hombre, gordo y pobre, según descubría su hábito bisunto y remendado y las viejas alpargatas grises. Hablaba inquietamente, y todo lo decía con temblor y confusión de palabras. Era muy desgraciado, no por motivo de lágrimas, sino por demasiada risa. Mal de risa era el suyo; no podía remediarla: se le disparaba, y allá iba estrepitosa y cuajadita de saliva, sin razón, ni camino, ni término. Por la risa, padeció en el Convictorio la de los seminaristas y muchos trabajos, y por ella estuvo a punto de perder las licencias. Este gravísimo lance fue reciente: aconteció en el último viaje pastoral del señor arzobispo de la diocesis. Se angustiaba y trasudaba recordándolo. Habían salido todos los principales de Posuna hasta la Cruz, de la carretera de Gandía, para recibir a su ilustrísima. Llega la ruidosa galera: todos se arrodillan; bendícelos el prelado y él y su séquito salen del carruaje. Avanza el párroco para besarle el anillo, y, en este trance de

tan devoto acatamiento, reconoce en un familiar a un su antiguo camarada que, recordando la pasión de risa del cura aldeano, hácele visajes. ¡Y mosén Leonardo, de hinojos delante del señor arzobispo, apretábase los ijares para no perecer de la risada! Los pajes de su ilustrísima y las autoridades se holgaban mucho.

... Pues la risa espesa, maciza, desbordada, de mosén Leonardo hizo que Félix se volviese a mirarle cuando subía la senda del Calvario.

Venía el cura de Posuna en medio de otros dos capellanes forasteros: eran del camarín de la Virgen de Valencia y estaban de veraneo en sus haciendas comarcanas; llevaban catalejos, bastón y sotana de alpaca sedeña, muy rica. El más joven se inclinaba y cogía gálbulas secas caídas de los cipreses, cuyas raíces se trenzaban casi encima de la tierra, y luego iba dejando esas nueces en los senos del gorro de mosén Leonardo, diciéndole:

-Sueñecito hay; despabila, Leonardote.

Habláronle también de las últimas encíclicas. El señor cura de Posuna acaso no las conocía; pero ellos insistían en preguntarle su parecer. Y aquí estaban cuando se les mezcló Félix. Mosén Leonardo hizo la presentación; en seguida alabó la piedad de los Valdivias, y ya conversaron del rosario y sermón de aquella tarde.

-¿Ha visto, don Félix, la ermita y la Virgen? ¿No las ha visto nunca? Pues ¿cómo? ¡Es imagen milagrosa!

Y el gordo párroco contó el santo prodigio de aparecerse Nuestra Señora, que sucedió como todas las apariciones.

La Virgen del Allozo era una imagen pequeñita y morena, toda cargada de un manto pesadísimo de terciopelo color de azufaifa, con bordados de plata muy costosos, de cuatro y seis altos de realce.

En lo antiguo era el vericueto del Calvario un macizo de verdura y gramas, pasto de un rebaño de Posuna, y en cuya eminencia se retorcía valientemente un almendro salvaje. A su umbría se retiraba el pastorcito, un rapaz manco y músico de un rabel de caña, lo mismo que cualquier Tirsis o Menalcas del poeta siracusano.

Una mañana que el pastor quiso coger dos allozas vio en el ramaje a la Santísima Virgen. Al principio figurósele que sería alguna picaza; pero no, no era pájaro, sino una virgencita de leño seco, tostado, y vestida de túnica parda y pobre, y que habló sin abrir los labios. Espantado, el chico quiso escapar. Entonces acudieron las ovejas; le rodearon, alzando las cabezas al almendro. Nuestra Señora le dijo al pastorcito que fuese a la aldea y avisase su aparición, añadiendo que aquí quería se le hiciese una residencia. Muy miedoso, le contestó el

rapaz que habían de reírsele, tomándole por visionario. Nuestra Señora, siempre recatada en el ramaje, amonestóle para que obedeciese sus palabras, y que no se le importase una higa todas las vayas y zumbas que le dieran. El zagal no tuvo otro remedio sino bajar a la aldea y contarlo todo. Los buenos aldeanos así le creyeron como si oyesen a un juglar. Volvióse el muchacho, entre pesaroso y satisfecho de que hubiese salido verdadera
su predicción. Y entonces la Virgen María hizo un milagro; y fue que puso a su elegido un brazo fresco y sano donde le faltaba. Tornó el pastor para mostrarles su reciente miembro, y acudieron todos los lugareños. Llevaron procesionalmente la imagen a la parroquia de Posuna. Pero al otro día amaneció vacío el retablo. Nuestra Señora se había subido otra vez al almendro. Bien manifiesta estaba la divina voluntad.

Labróse la ermita, que fue más tarde enriquecida por los Valdivias. Los lugareños hicieron los nichos para los manises de las Estaciones de la Pasión: abrieron sendero, y a los lados plantaron los cipreses, que ahora miraba Félix, tan viejos, espesos y aromosos.

-La imagen debe de ser una talla de admirable fineza, ¿verdad, mosén Leonardo?

-Yo no lo entiendo, don Félix. Parece que el manto cuesta todo un caudal. La Virgen es menudita, algo arrugada y oscura. Es lástima, porque ya que ha venido milagrosamente del cielo, pudo venir mejor, ¿no le parece?

Llegados a la capilla, quiso Félix entrar, porque tío Eduardo, Isabel, Silvio y su madre ya estaban en sus reclinatorios, según le dijo la ermitaña. Pero mosén Leonardo se lo impidió, tomándole de las manos y llevándole a una rinconada de los muros.

Supuso Félix que el señor párroco quería mostrarle la belleza de los horizontes, y buscó en los blancos y retorcidos senderos del valle la silueta de doña Beatriz.

Mas luego quitó los ojos del llano para fijarlos con grande susto en el capellán. Es que mosén Leonardo le pedía que le perdonase.

-¿Perdón, dice? ¿De qué, siendo usted un santo? ¡Si me habla siempre con respeto y comedimientos que yo no merezco!

-¡Oh señor don Félix! Todo se lo merece, por lo que sabe y por su nobleza.

-Pero ¿por qué me pide perdón?

-Lo pido, don Félix, lo pido por la gracia que de usted puedo alcanzar.

-¡Ay don Leonardo, me habla usted como a la Virgen Santísima, en un panegírico!

Sonó como si fuese hecha de oro la esquila del santuario, y acucióse el ánima y la palabra del humilde clérigo. Era el último toque:

-Mire: lo que yo quiero es que no entre cuando yo predique, y, si fuera posible, que retuviese por aquí a esos dos sacerdotes, para que tampoco me oigan. Son hombres de mucho saber y burla, y el sermón es uno que ellos conocen, el de un sueño por comparanza: "El hombre pecador está dormido; pues bien: va Jesús y lo despierta, y queda salvo". Y esta tarde ya me dijeron: "¿Tendremos sueño? ¡Despabila, Leonardote". Imagine el sofoco que padecería, siendo el mismo sermoncico de siempre: el del hombre dormido. ¡Si no es posible otro!

Lo buscaba el ermitaño, porque ya estaba comenzado el Rosario. Era aquél un ermitaño de blusa y alpargatas, cargado de hijos, fumador de verónica y siempre con manojos de esparto desbordándole del seno para tejer sogas y felpudos.

A él y a los presbíteros extraños les dio cigarrillos Félix, y hablando se los llevó a unas piedras, grandes y peladas, saledizas, encima de la aldea. Allí se sentaron, oteando el valle y el poblado. Veíanse el templo y su torre muy negruzcos, descansando sobre las nubes de grana del ocaso, que ya empezaba a encenderse, y todo el caserío de paredes hormas de muros encalados, de tejados pardos; casucas y tapias se abrían a trechos, cavadas por callejas, pedregosas como ramblizos, y pasaban jumentos con seras de verduras o de estiércol, ladrados por algún perro nómada. Un hombrecito que traía fardel a la espalda iba parándose en los portales. En muchos debían de socorrerle, según se le veía acercar su costal.

Creyéndole pordiosero, alabó Félix la piadosa largueza de los aldeanos.

-Ése que mira que va pidiendo -dijo el de la ermita-, no es mendigo, sino el sereno de Posuna.

Y añadió que los jueves salía a pedir porque quitáronle el jornal, y en unas casas le daban un puño de habichuelas, de lentejas o de trigo; en otras, pedazos de hogaza y quebrantos de cerdo, si hubo matanza. Por las noches iba contando las piedras puestas en el rincón de los umbrales, y por ellas sabía la hora de llamar a los que salen de labor. Era hombre de bien, hurón de toda la serranía. En las fiestas de septiembre helaba fresco con la nieve arrancada de los pozos, y bajaba de la "Cumbrera" derritiéndosele los terrones por la desnuda espalda.

De la capilla salía un zumbar de oraciones.

Quedáronse atendiendo los señores clérigos, y el más mozo dijo:

-Ya acabaron la letanía.

Y el otro:

-Pues nuestro Leonardote debe principiar pronto.

Entre los últimos cipreses del camino apareció la figurita cenceña y humilde del sereno.

-Ahí lo tiene -murmuró el ermitaño a Félix-; muchas historias podría contarle de cuando el matute.

Félix levantóse para conversar con el hombrecito.

De súbito se volvió. Los capellanes se habían entrado. Todavía humeaban junto al cancel las puntas de sus cigarrillos. Y Félix, acordándose de las súplicas del párroco, se asomó para enmendar su descuido. Y quedó aterrado. Todos los devotos miraban hacia el púlpito. Don Leonardo, reclinándose, amparándose en el crucifijo, se cubría la faz con las manos, y entre la grosura de los dedos escapaban diez flautas de risa, trémula y aguda.

Cerca del altar, el lanoso y eminentísimo tocado de doña Constanza se estremecía y ladeaba amenazadoramente.

El cuitado clérigo, retorciéndose de angustia y risa, mirando suplicante a Jesucristo, balbució gracias y bendiciones a los señores Valdivia, y cayéndose, derrumbándose, bajó las escalerillas de tablas, que recrujieron siniestramente.

Cuando Félix pasó a la sacristía, mosén Leonardo se abrazó a sus hombros gimiendo:

-¡Ha visto! ¡Lo ha visto! ¡Fueron ellos! Entraron al empezar del sueño: "El hombre pecador está dormido: Jesús lo despierta". Y tosen los del Camarín de Valencia; los miro, y ellos inclinan las cabezas, queriendo decir que dormitaban; luego se entregan los ojos, y tosen otra vez... Me dio tanta vergüenza, que... me reí... ¡Oh Señor!, lo mismo que delante de su ilustrísima... Risum reputavi errorem! ¡Señor! Risum, risum reputavi errorem!

Don Eduardo también hubiese querido mitigarle, y no pudo: doña Constanza le estaba mirando. Ocurriósele avisar a Félix de que ya se marchaban y tampoco le dejó la señora, y envió a Silvio. Salieron los Valdivias muy despacio y callados; Isabel delante, golpeando las pedrezuelas de la senda con el cuento de su sombrilla; Félix, a su lado, lleno de turbación, pesaroso de su culpa de olvido, y a la vez exaltado contra los maleantes camaradas de mosén Leonardo, y este asunto sirvióle para vencer el silencio.

-¿No te indigna la bellaquería de esos clérigos forasteros?

Isabel, muy pálida, le contempló sonriendo, y dijo:

-No, hijo, no fueron los forasteros; quien escandalizó riéndose fue el del púlpito. La pobre tía Constanza dice que ha pasado mucha afrenta y que quiere quejarse a los superiores.

-¡Quejarse! ¡Eso sería una ruindad! -y Félix se detuvo para esperar a don Eduardo y su hermana, que venía murmurando.

Además, Félix estaba secretamente contento de su enfado, que le apartaba las quejas de Isabel por su desvío. Y hosco, altivo, exclamó:

-¡No tiene usted razón para tomar esa venganza!

-¡Félix! ¿Se lo dices a tía Constanza? ¿A tía Constanza? ¡Jesús!

Don Eduardo temblaba y trasudaba como el párroco en el púlpito.

-Félix, ¿qué pensamiento te dio? -dijo Silvio todo arrebatado y cruzada su frente por la lívida centella de una vena terrible.

Le contuvo su madre, y después volvióse a Félix.

-¡Habla, hijo mío; acúsame!

Formaban un ruedo. Las devotas que regresaban de la capilla los miraban muy despacio. singularmente a Félix. Lejos negreaban las siluetas de los capellanes.

La suavidad de doña Constanza todavía encrespó más el enojo del joven.

-Tú encuentras natural que en una función de sufragio sucedan burlas.

-Si las hubo, no las cometió el cura aldeano. Y acusarlo, según intenta usted, no es caritativo ni es justo.

-¡Félix, por Nuestro Señor! -gemía don Eduardo, haciendo ventalle de su delgado sombrero de paja.

-¿Qué te ha dado, que estás loco? -exclamaba Silvio.

Isabel pretendía llevarse a su primo para pacificarle y distraerle.

Los ojos de tía Constanza la fiscalizaban, y oyó su voz ondulante y helada:

-¡Isabel, Isabel, ya escuchas las injurias que me hacen! ¿Para qué me malquistas con Félix? ¡Y en presencia de todos y consintiéndolo mi hermano!...

-¡Mujer, pero si yo!... ¡Sí..., vamos, si todo es chanza!...

Don Eduardo estaba acongojado.

Llegaron los clérigos. El párroco quitóse el solideo, y delante de la señora se humilló. El más joven de los eclesiásticos de Valencia dábale en las espaldas palmaditas protectoras; el otro también; y entrambos dijeron alborozadamente:

-¡Este Leonardote, este don Leonardo necesitará un exorcista que le arranque el demonio de la risa!

-¡Demonio, debe de ser demonio lo que me tiene poseído!

-¡Ay, no lo diga! -y doña Constanza le besó la mano.

Alentóse el ánima de don Eduardo, y propuso que todos fuesen un domingo a su heredad para comer a la sombra de los plátanos.

Los tres sacerdotes se apartaron efusivos y jubilosos. Doña Constanza y Silvio murmuraban de Félix. Tío Eduardo mirábale compadecido de sus violencias.

Félix estaba arrepentido de la fierza de su intervención sandia, baldía. ¡Para qué, Señor! ¡Qué le importaba!

Acercósele su prima. Doña Constanza volvióse hacia su hijo y avanzó imperativamente su cabeza de soberana sin diadema. Silvio obedeció y se puso al lado de Isabel.

Dejaron la aldea, internándose por el cerezal, y ya junto al cercado del cementerio oyeron voces, y, de pronto, Belita y tía Constanza quedáronse pasmadas viendo a dos damas de mucha hermosura que estaban alcanzando y comiendo cerezas de los árboles sagrados, la última fruta, la más grande y sabrosa.

Las desconocidas, ajenas al entredicho que para todos tenían esos frutales, arrancaban cerezas con infantil donaire y complacencia, y al ver a Silvio y Félix los llamaron pidiéndolos ayuda.

Doña Constanza, toda alborotada, convulsa y blanca, llamó a Silvio.

El hijo no acudía. Y don Eduardo regocijóse de esta rebelión.

Fueron alejándose.

Félix subióse de las piedras caídas de los muros al torcido tronco de un cerezo, penetrando en la fresca y perfumada fronda.

Y entonces Isabel le gritó que viniese.

-Te llaman, Félix. ¿Es ésa tu prima? -dijo Beatriz.

-Sí; la pobrecita me ha pedido que nunca coma fruta de estos árboles. ¡Les tiene mucho respeto de santidad o de asco a la muerte! -y bajó, dándole a su madrina una rama cuajada del dulce coral de sus guindas.

Ella buscó y ofrecióle la más redonda y encendida.

Isabel los miraba. Félix adivinó su angustia, y vaciló. ¡Pero es que hasta lo menudito había de inquietarle y torcer su espíritu! ¡Una cereza le llenaba de vacilaciones! Y la comió...

Doña Constanza llamaba a su hijo. Y Silvio acudió con aturdimiento y rabia. Había visto que su madre se acercaba terriblemente.

Separóse Isabel, y caminó sola. Se contenía y sellaba su alma. "¡Madrina, madrina dice que la llama!"

-¿No estará muy ociosa esa criatura? -repetía don Eduardo sin que los demás le respondiesen.

Esa noche, terminada la cena, don Eduardo escribió con mucha detención y gravedad a su primo don Lázaro. Adolecíase de las exaltaciones, de los enojos, de la indiferencia de Félix, que algunas veces parecía tan distraído, tan extraviado como si fuese víctima de bebedizos, según contaba Alonso el de La Olmeda. Acababa preguntando si doña Beatriz era en verdad la temida mujer que tanto daño había traído sobre Guillermo.

La carta conturbó hondamente el hogar de don Lázaro. La esposa y doña Dulce Nombre lloraron mucho. El señor Valdivia, con airadas voces, maldijo a la infame que perseguía y devoraba su linaje.

-¡Esa criatura... no quiere, no quiere el Buen Ángel librárnosla!

-¡Oh nuestra cruz! -gimió la madre.

Y después dijo:

-Lázaro, ¿no serás tú el culpable? ¿Por qué lo enviaste a La Olmeda? Aquí nuestra presencia lo contenía. ¡El viaje ha producido más escándalo que provecho!

-¡Que nosotros le conteníamos! ¿Que yo tengo la culpa?

-¡Qué sabemos, qué sabemos! -plañía doña Dulce Nombre.

-¡Pero que yo tengo la culpa! ¿Podía yo imaginar que la enemiga había de seguirle hasta nuestro sagrario?

-¡Qué sabemos!

-¡Yo lo envié no sólo para salud de su cuerpo, sino porque Eduardo y todos hablábamos de Isabel y Félix, y creí que Isabel sanaría también su alma!

Muchos y contrarios designios se trazaron para remediar la perdición de Félix. Disciplina rigurosa, dulces bálsamos, decretos de regreso, buscarle...

Se acostaron.

La más desolada era la simplicísima señora doña Dulce Nombre, que todavía veía en Félix la criatura blanda, afeminada y dócil que ella desnudaba y acostaba, y, después de arroparle, le persignaba con mucho cuidado. Y el sobrino solía pedirle: "¡Anda, reza por mí; yo tengo sueño!"

Y se dormía arrullado por la jaculatoria familiar:

Santo, santo centurión, guardad el cuerpo de mis papás,

de tía Dulce Nombre y el mío

como guardaste el de Nuestro

Señor.

Una mañana, doña Beatriz se dijo que, amando inmensamente a su hija, sentía celos de ella. Y luego de confesárselo, se avergonzó y dudó, porque los celos inducen a malquerer a quien los motiva; engendran el deseo de su daño, de que no sea hermoso o perfecto, si es la belleza, la inocencia o venustidad lo que atrae el amor codiciado.

Doña Beatriz deleitábase en la gentileza y donosura de Julia; sabiéndose lozana, adornada de gracias peregrinas, no le pesaba que la hija mereciese y aun le quitase miradas y rendimiento, como dicen que les lastima a algunas madres todavía abrasadas de fuego de juventud. No temía que aquella florescencia mustiara el pomposo y dulce rosal de su cuerpo; antes bien, le halagaba el cuidado de ese huerto nacido de su carne y de su alma.

Tampoco imitaba los donaires y candores de las doncellitas como Julia ni engañaba su edad con mudas, afeites y otros embelecos y malicias de tocador. Quizá no era todo sencillez de ánimo o no manifestaba sacrificio, porque la señora estaba en la cumbre de la juventud y hermosura. Sin pensamiento de pecado, hubiese recibido el requiebro de un gallardo yerno, deseándolo poseído de amor por Julia. La contemplaba embelesadamente; la veía adorable y agradecía a Dios la merced abundosa de encantos que sobre ella derramara; y si en aquel instante, y por acaso, algún espejo le mostraba la espléndida línea de su figura, la lumbre de sus ojos, el oro opulentísimo de sus cabellos, daba otra vez gracias al Señor, sin compararse a la hija ni pensar en los diecisiete años que las alejaban.

Y doña Beatriz tuvo que confesarse que padecía la inquietud, la torsión, la tristeza de los celos; mal de recia ferocidad que la atarazaba hacía mucho tiempo sin querer nombrarlo de esa manera. Y tanto amaba a Julia, que nunca la señaló por origen de su tristeza. Procedería la culpa de las afines mocedades de la doncella y Félix, de la exquisita belleza de la hija, y el culpable sólo era Félix, que la miraba, que la llamaba y le decía pensamientos infantiles, que le acariciaba los cabellos y la subía a las gárgolas de la casa de Almina y a los árboles de El Retiro para que asomase a un nidal o alcanzase una fruta... ¿Llegaría a aborrecerlo, como hacen algunas mujeres que, en sus delirios, desean hasta la muerte del amado? Toda su alma le dijo que no se puede aborrecer la luminosa quimera de un caballero ideal.

Y eso era Félix. No le amaba por eficacia y derivación de la memoria de Guillermo. Amábale por él mismo. Conoció a Guillermo apenas llegada bajo el árbol de la vida. En presencia de aquel hombre la conturbó un sagrado pasmo. fue su coloquio muy efímero y maravilloso. Más tarde vino Félix a ella siendo ya sabedora de la amarga ciencia del Bien y del Mal, y hundiéndose en las sombras grises del hastío. Félix vino a su alma envuelto por nieblas de romántico misterio; y esas nieblas que cegaban o embellecían la visión de lo vulgar, no se alzaban en la lejanía, sino que prorrumpían de la misma tierra que ella pisaba, a su lado, dormidas sobre lo magnífico y lo sencillo. El héroe de amor no se divinizaba por grandeza arcaica, y luego por la trágica muerte, como en Guillermo; el héroe, era casi niño, familiarizado con su vida, sin que llegase a caer la gota espesa y ardiente de la lámpara de Psiquis, que consume, que deshace la quimera... Y el amor de Félix, del hombre ideálico, pero vivo y gozado, apagó en Beatriz el culto del hombre divinizado y ya muerto...

Y esa inquietud celosa que retorcía y espantaba el ánimo de la señora solía acallarse y modificarse por la triaca de otros celos que le infería Isabel; pero eran de menos raíz y dolor. Aunque se cumpliese el propósito del padre de Félix casando a su hijo con tan rica y gentil doncella, no le parecía que enteramente le quitaban el amado.

Mas se los mitigaba sorprender en su hija y Silvio una constante solicitud, un deseo de verse, de hablarse, de pronunciar sus nombres, indicios todos de quererse, y que Félix lo adivinase sin queja ni entristecimiento. Silvio sería ejemplo cabal de esposo: enamorado y dócil y sujeto a todas las ordinarias disciplinas de una templada vida, la ofrecería dichosa y sosegada a Julia... Además poseía mediana hacienda, que doña Constanza aumentaba con su gobierno. No; Silvio no se desbordaría en apasionamientos y deliquios, origen de peligros.

Silvio era el esposo. Un hombre como Félix jamás podría llevarla a la felicidad; un Giner, le repugnaba; un Lambeth, ¡nunca!... Y la pronunciación íntima de esta palabra le hizo mirar la cerrada puerta del dormitorio del naviero.

Lambeth había llegado, al abrirse el día, en un potro negro, de ojos llameantes, de cola rapada y orejas menudas y erizadas; una bestia briosa y diablesca.

Angustióse Beatriz. Imaginó y temió que algún quebranto en sus empresas o que alguna audaz y lograra los obligase a marchar lejanamente. Nada le preguntó. Julia salió temprano con la mujer de Koeveld, para traer del huerto de la casa-abadía de Posuna varas de rosales que injertar en sus macetas. Y Lambeth retiróse a su aposento, siempre callado y despidiéndose de Beatriz con una sonrisa que descubrió la fría magnificencia del oro y pedrería de su boca.

Sola quedóse Beatriz, mirando desde su ventana el lujuriante macizo de arboleda donde se abismaba el viejo casón de los Valdivias; y de cuando en cuando volvíase asustadamente hacia la estancia del esposo. Muchos años llevaban sin vivir tan cerca. En Almina se hallaban alguna tarde en aquel huerto primoroso de su residencia, donde, como una enclaustrada, tenía toda su recreación y libertad. Lambeth habitaba el mismo edificio de sus oficinas y almacenes, frontero al mar.

Verdaderamente estaban divorciados, sin contienda ni fallo de ninguna curia. En la ciudad todos acusaban de liviana arrepentida a doña Beatriz, siquiera nadie creyese que Lambeth hubiera roto su hogar sólo por el pecado de amor de la esposa. Sin él, el naviero se comportaba igualmente. Flaco, silencioso, siempre solitario, vestido como un lord o de esa manera elegante que recuerda la de un mayordomo de casa opulenta, podía juzgársele un profesor de mucha sabiduría; y parece que fue muy entendido y refinado en vinos y manjares, y solicitado de madres celestiales que le esperaban en las sombras de un cantón para ofrecerle doncellas contrahechas, de apariencia rústica y zahareña, que así las prefería su lascivia. Lascivia y avaricia eran sus pecados capitales. Pero en las noches de fiesta, de sarao o teatro, que acompañaba a su hija, Lambeth se dignificaba; su porte era severo y prócer, y su frente tenía la misma pureza que la inmaculada pechera de su camisa, donde
resplandecían las estrellas de dos clarísimos solitarios.

Pulcro, recién bañado y rasurado, vestido un terno gris de sencilla elegancia y acariciando los guantes de seda, apareció Lambeth y saludó a su esposa con una breve y graciosa mesura.

Apartóse Beatriz de la ventana; no sabía dónde descansar la mirada, sintiendo la de su marido encima de ella. Para distraer su violencia, nada más imaginó componer su tocado, y alzó los brazos cercando gentilmente su cabeza.

Lambeth la contempló en esa bella y perezosa actitud, inocente y tentadora.

Pero Beatriz no quería motivar, entonces, ni el más leve y natural agrado. Y vedándoselo a sí misma, se miró, y complacióse del admirable escorzo de su figura. Fijóse rápidamente en Lambeth, y halló que sus ojillos, encendidos como el vidrio tierno, la recorrían toda. Maldijo su impensada coquetería; y para enmendarla con penitencia se echó en una butaca esforzándose en que resultase su cuerpo lacio, desmañado, borroso. Y de nuevo se miró, y también era hermosa.

Llegó a sentir angustia y repugnancia de su gentileza.

Toda la casa y los contornos estaban en silencio y soledad. Lo pensó, y tuvo miedo. Quiso librarse de no sabía o no osaba decirse qué peligros, y levantóse y murmuró, fingiéndose serena:

-Siento que Julia se marchara. Ha ido a Posuna para traer rosales; y es que ha creído que no saldrían tan pronto. Quiero mirar si ya vuelve.

Lambeth la detuvo.

-Mejor es -repuso el extranjero- que Julia no esté aquí, porque de ella hablaremos.

-¿De Julia? -y luego la señora padeció el recuerdo de la mirada de su hija saliendo entre los árboles del río.

-Julia me ha escrito.

-Lo sé; me ha leído sus cartas.

-Yo las esperaba de más entusiasmo, ¿no te parece? Aun de ese amigo vuestro, de Félix, dice muy poco...

Lambeth encendió un cigarrillo, y se distrajo exhalando anillos de humo.

Doña Beatriz volvióse hacia la montaña. En la cumbre de un monte frontero comenzó a moverse un ganado, destacando limpiamente sobre el azul.

La voz delgada del esposo dijo:

-¿No te parece que debieras dejarme a Julia? Beatriz le miró con soberanía desdeñosa.

-¡Dejarte a Julia! Lo mismo lo has dicho que si pidieses mil libras a un negociante.

-Ya sé que un marido español lo hubiera dicho con gemidos o con ferocidad... Yo ni siquiera pido. Sólo lo pregunto. ¿Te parece?

Beatriz nada contestó.

El rebaño se iba derramando por los peñascales; y en la cima se movía la silueta del cabrero. Después surgió otra figura. Lambeth había tomado unos preciosos gemelos y recorría todo el paisaje.

-Te llaman, Beatriz; te están saludando. ¿No será tu "ahijado"¿ -y sonriendo le ofreció los anteojos. Ella no los quiso, dejándolos sobre sus rodillas, y permaneció inmóvil y callada.

Lambeth tornó a hablar de la hija. Dentro de la ironía y de la frialdad de sus palabras pasaba un estremecimiento de ternura.

-A todos conviene que Julia esté conmigo algún tiempo... Beatriz, tú la has tenido ya mucho. ¿Te parece? Si has leído todas sus cartas, recuerda que sólo habla de un hombre que no es Félix. ¿Quién es Silvio?

Después el esposo hizo otra gentil reverencia, y se retiró a su aposento.

Doña Beatriz vio solitaria la vecina cumbre.

De pronto regocijóse el camino con el lujoso color de dos sombrillas, y luego aparecieron Julia y la mujer de Koeveld. El perro desorejado de la heredad comenzó a ladrar gozosamente, pidiendo que lo soltasen para poder recibirlas y agasajarlas lamiéndolas y jugando como un perrito limpio y fino de cojín y estrado.

Pues no quisieron desatarlo. Acaso no le vieron las bellas mujeres, que venían hablando risueñas y ruborosas. Ya se querían mucho; siempre caminaban juntas, y solas, lo mismo que si fuesen amiguitas de antaño, entrambas doncellas, o dos casadas recientes que todo se lo dicen y cuentan, seguidas de sus maridos, que también fuesen grandes amigos. Pero nada más podía acompañarlas el señor Giner, receloso, enfermo y gordo.

Julia decía:

-¡Yo no sé cómo te dejan sola conmigo! ¡Más que casada, pareces viuda joven, puesta bajo la vigilancia de un tío suyo!

-¡Oh, no, por Dios!

-¿Que no? ¡Claro que no descansará preguntándote para saber lo que decimos! ¡Si me figuro que hasta te mira dentro de la garganta y en los oídos para adivinar lo que hablaste y oíste, por si queda rumor de algún nombre! A estas horas ya sabe lo que te cuento de Silvio...

-¿De Silvio? ¡Pobre Silvio, ni se acuerda de él! ¡Si dijeras de Félix!

La frente y las mejillas de Julia le ardieron tanto que volvióse para encubrirlo a su amiga.

Por la senda encendida de sol, se acercaba Koeveld, balanceándose lento y enorme.

Subió Julia y puso en el regazo de su madre flores y ramas de rosal. Y luego le mostró las manos arañadas de espinas.

Beatriz se las besó delirantemente; y la hija le oyó un sollozo que se le quebraba en lo profundo del pecho.

-¿Llorando? -dijo Julia en bromas, pero con ansiedad en sus ojos-. ¿Llorando? ¡Señor, qué tiene el campo que os ablanda y os llena de pesadumbre! ¡Mi padre me mira y me besa como no me miraba ni me besaba en Almina!

Y acariciándola, se levantaron y fueron al comedor.

-¡Ah! Me avisó Silvio que vendría temprano de Los Almudeles. A Félix le vi subiendo esos montes; dice que lo hace preparándose al cansancio, para subir después a la "Cumbrera".

Almorzaron solas porque Lambeth se hizo servir en el mismo dormitorio por su criado, un levantino gigantesco, que ya tenía talante extranjero, silencioso y sagaz, vestido de negro y enguantado. Era un copero de extremada elegancia y discreción; los vinos escanciados por sus manos sabían más generosamente; y aunque sirviese mucho, lo hacía con gesto tan patricio, tan insinuante y sencillo, que se apuraba todo creyendo cumplir una empresa de mucha gravedad y delicia.

Lambeth levantaba la copa, contemplándola al trasluz; la aspiraba; y bebía reposadamente elevando los ojos.

Terminada la comida, abría el señor sus brazos; el copero los pasaba por sus hombros y casi arrastrado llevábalo a su ancha cama.

Julia había salido a la solana, Beatriz quedóse sola, inquieta por sus pensamientos. Lambeth la miraba y besaba a la hija de distinto modo que en Almina. Lambeth le había hablado, y su voz parecía empañada y dulcificada de ternura. ¡Se habría redimido de todas sus codicias y vilezas, de toda su abyección!

Y doña Beatriz, que era de sensibilidad pulida y exaltada, apiadóse de aquel hombre, y siendo ella la víctima tuvo remordimientos que le acercaron al esposo; y asomóse a su estancia... ¡Nunca en la ciudad hubiera osado y descendido tanto!

Lambeth yacía casi desnudo, crispando las bordadas ropas; resollaba y gemía angustiosamente en su letargo alcohólico. Distinguió la pálida figura femenina, y convulsionó y pudo erguirse sobre los cabezales.

-Julia, tú vendrás, Julia...

-No es tu hija; soy yo, Lambeth.

-¡Beatriz, dámela! Beatriz, estoy cansado, estoy enfermo...

Sollozó tan ruidosamente que la afligida mujer, llena de espanto y lástima, gritó creyéndole atacado de súbita muerte. Derribóse Lambeth entre los almohadones; se cerraron sus ojos, babearon sus labios y comenzó a roncar.

Había acudido el copero; y grave y humilde murmuró:

-Le ocurre siempre. Después que duerme se hunde tres dedos en la garganta para arrojar; se enjuaga y queda ya bien.

La manta dobladita; el cestillo de la comida, muy lleno, limpio y oloroso; los anteojos, sujetos a la cayada de cuento afilado; la linterna y unas viejas polainas; todo lo puso tía Lutgarda, la primorosa estanciera de Félix, encima de la mesa, mientras el sobrino dormía. Además le dejó escritos muchos avisos maternales y la súplica de que viniese pronto.

Estos cuidados conmovieron a Félix; pero, en seguida, le violentaron, llegando a entristecerle. ¡Jamás los quiso tío Guillermo en sus audaces aventuras! Obermann los despreciaría. Obermann abandona en su hospedería los dineros, el reloj, todo lo que pueda recordarle la pobre vida regalada de ciudad, y trepa solo por los Alpes; hambriento, cegado por la nieve, se pierde y se abandona a un alud que cae con trueno de castigo bíblico sobre un torrente...

Félix decidió no llevarse los gemelos. Es que le cansaba encerrar la mirada en esos tubos tan negros y le agobiaba el despedazar las perspectivas.

Todavía de noche vino su guía, que era el sereno de Posuna. Guardó el hombrecito las provisiones en sus bizazas de cuero; y encendidas las linternas, dejaron el casal.

A la izquierda del camino subía la sierra hosca y siniestra; al otro lado estaba el abismo, un infinito pavoroso del que surgían peñascales que negreaban espesamente sobre la negrura.

En un recodo de la senda desapareció el guía. La inmensidad devoraba su voz. Félix se inclinaba para mirar los precipicios. Lejos, descendían los cielos, y hasta en lo hondo se veía temblar las estrellas. Félix se imaginaba extraviado en la orilla del mundo.

Dentro del silencio de la fragosa soledad, se arrastraba el lamento de aves agoreras, y en las aguas remansadas de los barrancos sonaban, como si goteasen su canción, las dulces ocarinas de los sapos... Traspasada una cumbre, hallóse Félix en un llano, y más sierras anchas, ondulantes sobre el claror del alba, se abrazaban remotamente. El sendero no estaba hendido en el roquedal; era blando, terrizo, fresco, y pasaba entre bancales paniegos, verdes y ruidosos del airecito del amanecer. Surgían de los sembrados las alondras, y desde el cielo desgranaban su cantiga. ¡Eso era un valle alejado, subido a los montes! Félix perdió la sensación de la altura.

Atravesado el terrazgo, presentóse la abrupta inmensidad de las montañas, en cuyos hondones húmedos todavía habitaba la noche.

Félix tocaba gozosamente los romeros, alhucemas, sabinas y tomillos, llenos de rocío y de flores; y luego se pasaba las manos por su frente, por sus cabellos, por sus mejillas; tendíase encima de las mantas, y al levantarse quedaba incensado de sierra, de alegría, de fortaleza, y antes que sus ropas y su carne perdiesen esa honrada fragancia la recogía de otras plantas nuevas. Todas, todas le tentaban; y acabó padeciendo insanamente, porque codiciaba tenerlas, exprimirlas y gozarlas todas, y se anticipaba el hastío de su delicia...

... Ya recibían las cumbres una tranquila coloración del sol, de ese sol reciente que al llegar a las sierras parece que descansa de su primera jornada y que allí se acuesta en silencio; y como ve que es buena su obra, sigue descendiendo.

Si el sol de la tarde dejaba en Félix resignación y tristezas acendradas, haciéndole imaginar países umbrosos y lejanos, salas desiertas, músicas apagadas, almas desvanecidas, todo el pasado; el sol nuevo era como un goce de huertos frescos y alumbrados, del azul que le penetraba hasta en su alma, de posesión de mujer, de renovados ideales, de respirar de vivir. ¡Oh, en estos primeros instantes del nuevo sol, la luz es sencilla, leve, y se vierte sobre el silencio y paz; después, su lumbre es ruda, anegadora, y parece llevar el estruendo de las ciudades.

Todas las eminencias se perfilaban encendidas, regocijadas. Un monte lejano parecía la estatua yacente de un gigante, y su peña color de rosa, como si fuese tierna, de piel, permitía imaginar enteramente el enorme esqueleto.

El guía le dijo a Félix que comiese, pues cerca brotaba una fuentecita.

No había indicio de agua. Los rodeaban masas rocosas, cenicientas y raídas. Félix creía masticar la sequedad del paraje, la misma piedra. Y desde que aquel hombre nombró el agua, tuvo sed.

Ya no había caminado. Andaban libremente sobre espaldas de montañas, que eran raíces de nuevos macizos de sierras.

Por una torrentera descendía un hombre. Era el guarda de los pozos de nieve, que bajaba a beber; el cañón de su carabina se veía como una barra candente.

Pronto se juntaron; y encima del peñascal, sin verdor, sin abrigo de arboleda, sola, desnudita, desamparada, palpitante, luminosa, encontró Félix el agua. El guarda la estaba sorbiendo despacio, del recio vaso de sus manos. Acostóse a su lado el caballero, y bebió con ansiedad, conmoviéndose al deshacer las hondas y burbujas heladas, nuevas, recién nacidas de las generosas entrañas de la sierra. Y contemplando el claro y ancho venero, alabó entusiasmado la madre agua.

Mirábale el guarda reposadamente; eran sus ojos claros, quietos; parecían adormecidos en la visión de la eterna paz de las montañas.

¿Es que no amaba esa agua delgada, fría, fuerte?

-¡Fuerte y bien fuerte! -dijo con pesar el rústico. Y señalaba su boca tumefacta, desgarrada por heridas profundas-. Una pierna de cordero que eche dentro, la descarna en un instante: ¡qué no hará con nosotros, secos ya de estos aires, y de comer melva y melva, que de caliente se pasan meses sin catarlo!

Y plegaba los brazos; meneaba la cabeza, y se reía horriblemente, en silencio.

De tan helado que era el manantial, dijo el guarda que no podían recogerse diez guijas del fondo, teniendo la mano sumergida.

Pues Félix quiso averiguarlo.

Ya tenía seis. Resistiría hasta coger todas las apostadas. Pero vaciló piadosamente. Fingía flaqueza para no vencer a esa pobre ánima, para no herirla en esa creencia del poderío del agua, dogma agreste, heredado de sus abuelos, también guardadores de la serranía.

Y quejóse del frío; y a la vez un irresistible prurito de muchacho le hizo tomar otra piedra. Llegó a la octava; y comenzó a sentir que le faltaba la mano, que se le caía, que se le rompía sin dolor, blandamente, como si fuese de pan mojado. Entonces, Félix miró con miedo y rabia esa ferocísima agua, tan mansa y diáfana.

Los espantosos labios del guarda le colgaban sangrientos al reírse.

Y Félix se confesó su vencimiento, sin haber sido generoso. Dos pedrezuelas menos que tomara, y hubiese creído en su sacrificio.

... Comenzaron lo postrero de la jornada. Subían la vertiente de la "Cumbrera", larga cenicienta, invasora, como un trozo de mar petrificado.

Trepaban bestialmente, arrastrándose por el cantizal corredizo y agudo.

Las rodillas, las manos, los pies de Félix penetraban dentro de la montaña, empedrándose, desollándose. El viento poderoso y libre de la inmensidad le envolvía como en un manto de frío y le cuajaba el sudor de su espalda. Si hablaba, el jadear le rompía la palabra; en sus oídos, el pulso producía un chasquido metálico, y el corazón se le hinchaba, le subía a la garganta, y creía que al respirar se lo tragaba...

Observábale el guía tercamente.

-¿Me mira porque sudo mucho? ¡Aún resisto!

-No; le miro porque a mí me arde la cara de la fatiga, y usted está blanco como un muerto.

Félix vio la cumbre todavía alejada, fiera; parecía una mole de estaño ardiente. Se angustió con tristeza de enfermo. ¿Es que no podría subir a la eminencia; se moriría hundido entre piedras, bajo la mirada de ese hombre en esa soledad enemiga?

Desfallecía; se ahogaba...

-¡Arriba! -le gritaba el guía, egoísta y brutal.

Resonó un estruendo de alas; y una nube viva y negra oscureció la acerada relumbre de las rocas; era una espesura de cuervos que se precipitaban en el azul, gañendo desgarradoramente; pasaron tan cerca, que Félix sintió el cálido viento de sus plumas y la bravía mirada de sus ojos redondos de fuego. Lejos, el bando se deshacía, se apretaba cerniéndose sobre la querencia de los muladares de los barrancos...

-¡Arriba! ¡Es lo último, don Félix!

Los guijarros se desgajaban, rodando atronadores.

¡Arriba!... Y al hollar la cumbre quedó Félix postrado, sobrecogido, transido por un beso infinito y voraz que le exprimía la vida. Le sorbía el cielo, las lejanías anegadas de nieblas, los abismos, toda la tierra, que temblaba bajo un vaho azul; sentía deshacerse, fundirse con las inmensidades.

Los berruecos, oteros y gargantas de los cercanos montes hacían umbrías, y su misterio bajaba torvamente sumiendo el principio de los llanos. El riego de sol penetraba en el humo de las nieblas, y bajo la quieta blancura producíase un alborozo de oro que resucitaba el verdor de los árboles y prados; muy remota, brillaba tendida la grandiosa espada del mar.

Félix comenzó a estremecerse de humildad y de alegría. Ese magno horizonte le hacía llorar de inocencia, de bienaventuranza... El sol le contentaba como a un hombre primitivo. Se le figuraba que no caía su luz agotadora y cruda, como se ve desde lo hondo del poblado, sino que se esparcía aladamente como un viento luminoso. ¡Oh alegría de la luz, de la blancura, del espacio! Dentro de sus venas resplandecía una vía láctea, bañándole en una purísima alba de dicha...

El confín opuesto era todo de montañas, fosco, crespo, despedazado. Las cimas surgían cónicas, algunas pasadas de blancos cejos que se derretían y se deshilaban muy despacio con mudanzas fantásticas.

Viajaban los ojos de Félix sin saciarse nunca; su alma desbordaba la recibida emoción; pero este raudal trenzado de dulzura y dolor se perdía estérilmente. Su alma no era de la soledad; estaba necesitada de otra alma que le diera en su vaso la miel y apurada esencia de lo sentido; ansiaba ojos que le ofrecieran en su mirada el desierto de las cumbres, el azul del espacio, la gloria del sol, el reposo y palidez de las nieblas, la humedad de una lágrima hecha y nacida de toda la vida pasada, evocado en este yermo y trono de las montañas. ¡Oh divino deleite que se alza y magnifica sobre todos los deleites! ¡Ser el centro sensible de un ruedo inmenso de creación; creerse cerca del azul, envuelto de azul, inmediato al sol y saberse contemplado por ojos amados; porque eso era sentirse amado en las tinieblas y en los abismos y en cada instante y latido de la luz y en el centro del ámbito del cielo!... ¡Oh mujer! El mismo Manfredo, reflejo clarísimo del trabajado espíritu de Byron,

maldito, siniestro como los pinos descortezados y rígidos que viera en los Alpes, grita delirante de esperanza al encarnarse el séptimo genio en hechura de hermosa mujer: "¡Si no eres una quimera o una burla, aún puedo ser el más venturoso! ¡Quiero abrazarte!"

"Pero ¡válgame el Buen Ángel!; ¿soy yo acaso Manfredo¿"

No; no era.

Nada más estaba arrepentido de haber desdeñado la dulce compañía de su "madrina" y Julia, que también pudieran subir en pintoresca y bulliciosa cabalgata, siguiendo otro camino más lento y suave, que rodeaba la serranía.

Félix quiso la soledad de las altitudes, para apartarse y mitigarse de las inquietudes de sus amores imprecisos, que iban perdiendo sus velos, quedando en las crudezas de todas las pasiones.

¿Qué mujer era la deseada en las inmensidades? Al lado de la figura de Beatriz, surgía la estrecha y ruin del marido, que le miraba irónico señalándole a un muerto, y que lloraba por embriaguez y ternuras de padre. Junto a la hija aparecía Silvio, y entrambos se contemplaban dichosamente. La sombra enorme de Giner agobiaba la sacrificada belleza de su esposa. Isabel, ni siquiera emergía de las brumas del valle de Posuna.

No; Félix no las codiciaba, y le atraían, quitándole el goce de las altitudes. Y aturdido pronunció sus nombres, que se desvanecieron en el espacio como un humo.

El guía se le acercaba; mirábale despacio y muy pasmado; y apartábase buscando nidales de gavilán en las hiendas de los peñascos.

Abrigado con la manta, reclinóse Félix sobre la ruda pilastra del índice geodésico.

Gustaba de sentirse ceñido blanda y calientemente, y recibir en sus sienes el frío del vendaval. Se había aquietado su pobre ánima; la notaba detenida, parada y dichosa, redundada del sosiego y dicha de su carne. Se le deslizaba la vida como una corriente por llanura; era un sentimiento de la vida de tanta levedad y lentitud que hacía presentir la muerte... ¡Qué sensación tan clara, tan intensa, del olvido!

De los valles y mesetas del horizonte montañoso subieron enjambres de pájaros negros, rápidos y gritadores; se elevaban rectos como flechas, desaparecían entre el azul y el sol; repentinamente bajaban enloquecidos, y sus giros y quejumbres sonaban como veletas oxidadas.

Cuando Félix se fijó en su plumaje y conoció que eran golondrinas, recibió grandísimo enojo y sorpresa. ¿Qué hacían allí estas avecitas tan remontadas y altivas? Él, siempre las viera rasar el suelo, muy humildes, y amigas de los huertos, cuando florecen las acacias.

Dentro del silencio brotó un blando zumbido, y las manos de Félix se estremecieron como si otros dedos fríos y leves hubiesen tocado su piel. ¿Moscas? ¿Moscas allí? Las oxeaba exaltado, frenético de odio; su alma se deprimía, rodaba de la altitud a las angostas callejas de ciudad, polvorientas, abrasantes, por donde va una rapaza alta, flaca, despeinada, pobre, que lleva en sus brazos a la hermanita, y le canta para que se duerma, mientras las moscas acuden a las lágrimas; y cruza un abuelo tosiendo y aburrido, en cuyas cejas lacias se le pegan las moscas; y luego pasa un señorito lugareño gordo, sudado, un Silvio; el cuello le gotea, y, al enjugarse, las moscas resuenan tenaces, enfurecidas; y en las casas las moscas rebrillan y zumban entre las hebras del sol que se tienden desde las ventanas y alumbran el olvido de los viejos muebles; y las moscas suben golpeándose por las vidrieras y algunas pisan y aletean ruidosas encima de las que han muerto en las orillas de los
cristales y muestran el palpo torcido, las patas dobladitas y los vientres blancos, secos, rígidos.

Félix había perdido la sensación de la grandeza de las cumbres. Pero cometía injusticia culpando a las moscas. Las pobrecitas moscas nada más representaban lo externo de esa vida agobiosa de contentos y dolores rudos, cuya memoria revuelve su poso y empaña nuestra alma cuando más alta y pulida se considera.

Llegaba la hora meridiana. Era el sol como inmensa pupila del cielo, y su mirada ardía sobre la frente de Félix. El fuego le traspasaba el cráneo. Levantóse para hacer sombra y tendal de su manta, colgándola de las grietas de la pilastra. Pero le asaltaron escrúpulos y remordimientos de querer techarse, y siguió acostado, prefiriendo estar inmediatamente bajo el azul, bajo la mañana infinita y luminosa.

El guía le pidió que quisiera retirarse a las umbrías. Asomados a un tajo, le pareció a Félix que temblaban las laderas, en una ondulación parda. Y supo que la hacían los copiosos rebaños, que trashumaban de toda la marina.

Bajaron por un gollizo en cuyas quiebras se retorcían intrépidamente sobre el abismo dos viejos cabrahigos; sus raigambres saledizas se enroscaban enfurecidas imitando una lucha espantosa de sierpes centenarias. La luz azulada de la eminencia pasaba las hojas, que se veían como gotas de agua, cuajadas y enormes.

La imagen de la cumbre dejada envolvía y dominaba a Félix. Ya no pisaría nunca ese excelso paraje; y acaso lo había abandonado con íntima sequedad, sin haber sabido recoger toda la emoción de sus soledades. Sobresaltóse dudando de sí mismo. Y de pronto, retrocedió.

El guía vio espantado que Félix trepaba por los roquedales. Y Félix subió y besó la yerma cima, en cuya desolación tuvo la compañía, encontró la confianza de su alma. Le conmovió, como si la viese después de muchos años. La contempló supremamente y despidióse de ella antes que el cansancio o las mudanzas de su sentimiento le agotasen su ternura... No lleguemos a los umbrales del hastío en lo placentero y amado, y su recuerdo nos traerá una fragancia suave de tristeza, de dicha, de santidad de una flor que nunca ha de secarse.

Ya cerca de los nómadas pastores, hallaron las neveras. Quitó el guía los felpudos de espinos que tapaban una de las pozancas, y cayó el sol en la escondida blancura, haciendo gloriosos resplandores. La nieve, resucitada en mañana estival, trajo a Félix la visión de ese magno y fragoso paisaje desolado, blanco por la nevada.

Llegaron al resistero, blando y verde de pasto ajado por los rebaños que se derramaban hasta lejanamente. Apretábanse las ovejas bajo los peñascales, y las más apartadas de la umbría se estaban muy quietas acarrándose, rindiendo el cuello a la sombra del vientre de la cercana.

Cocían los pastores la sopa en calderas de trébedes; crepitaba la lumbre al recibir maleza tierna; los perros, tendidos, jadeaban, dejando la llama de su lengua sobre la frescura del herbazal; hacían gesto de risa socarrona viendo los brincos torcidos de los recentales cándidos y graciosos, pero risa de fatigados. No, no se moverían por mucho que retozasen y aunque les topasen los corderos, que, aburridos de la impasibilidad de los mastines, se entraban bajo las patas de la madre. Y la borrega quedábase mirando pasmadamente las inmensidades; y algunas veces, había de abatir la testa, estremecida por el rumiar, porque la cría tiraba demasiado de la rosada y opulenta ubre.

Daban las ollas un profundo rumor, y el humo esparcía un hálito caliente y oloroso. Estaban en ruedos los pastores, y sus torsos se veían limpiamente labrados sobre el azul.

El llano y las sierras lejanas se transparentaban bajo el movedizo cristal de la calina. Si una res se movía, luego sonoreaba la risa de su esquila o el aviso del cencerro de un morueco, y un grave y templado balar ordenando quietud.

Allegóse Félix, y partió sus viandas con los rústicos. Ellos le dieron de su sopada, sentándole en una limpia piedra que tenían para majar el esparto de sus hondas y de sus rudas sandalias. Félix prefirió un dornajo, y parecióle que alzaba una ideal figura mostrando un puño de bellotas a los hermanos cabreros... ¡Oh poderoso ingenio aquel que supo trazar la vida con tanta sencillez y verdad, que, cuando nos hallamos en momentos que tienen semejanza a los del peregrino libro, acudimos al sabroso recuerdo de sus páginas para sentir mejor la hermosura que vemos!

Durante el yantar estuvo Félix muy callado; pero no sosegaba de decirse que si la rusticidad de que participaba tenía siempre la gracia, la alegría y nobleza que allí había, por fuerza resultaba la "Cumbrera" una bienaventurada Arcadia. ¡Y sí que lo sería! Estos hombres se alimentaban de leche recién ordeñada, crasa, blanquísima, que no parecía sino hecha de pedazos de nubes. Emblandecían el pan dentro de esas celestiales espumas. Los rodeaban miles de corderos, blancura viva y donosa; los hondos pozos les deparaban la cuajada y deliciosa pureza de la nieve. No estaban de tránsito o excursión en la montaña, sino que moraban sosegadamente en las soledades; y desde las eminencias y desde sus majadas, sin prisas ni recuerdos pecheros de la vida lugareña, podían contemplar las abiertas lontananzas, gozosas y magníficas de sol bañadas de luna, que irá dejando prendido en las laderas un vaho misterioso de torrente. Estos hombres respiran los aires vírgenes recién llegados del
infinito, llenos del germen de la virtud y del olor de las mantas de la sierra... ¡Oh hermanos pastores, sanos, empapados de alegría, de inocencia, pujantes, bruscos, ásperos como los roquedales; pero, lo mismo que la peña, tendrán sus vetas, que dan jugo a las plantas y dulzura al arroyo que destila!...

Pues los hermanos pastores, después que saciaron su vientre con toda aquella blancura tan alabada de Félix, ya avezados a su presencia, comenzaron a menudear chanzas y malicias. Hasta sus visajes más eran de plazuela y figón que de cumbre. Destacaba un mozo ancho, macizo, cuyas venas, que tenían reciedumbre de sarmientos, parecían delgadas para contener la enorme sangre que debía de rodarle. Mirábale Félix, y lo veía por dentro inundado todo de sangre espesa y gorda, inflado, rojo, como un odre de sangre. Se reía de las zumbas que le daban, y sus mandíbulas hacían pavor. Había pasado la noche en Posuna, y allí estaba la mujer. Contó todos los lances y momentos de saciar su lujuria. Ahora se lo decían a Félix, que veía desnuda a la pobre mujer delante de la voracidad de esos hombres. Las risas se hicieron tabernarias; las voces, rugidos. De súbito dos perros corpulentos se arrufaron siniestramente, disputándose las roeduras y los papeles pringosos del almuerzo de Félix. Se
acometieron levantándose y abrazándose como dos hombres; aullaban de dolor al clavarse los pinchos de las carlancas. Los pastores los enardecían azuzándolos, los golpeaban con

guijarros. Ladraban broncamente los otros mastines; se oía el crujir de quijadas; plañían los ganados, y la montaña semejaba trepidar.

Félix se maldecía sorprendiéndose gustoso y conmovido de esa lucha. Les pidió que la acabasen. Entonces, aquel mozallón rijoso precipitóse rebramando sobre los mastines; sus zarpas agarraron la cabezota del más bravo; se la acercó; y abrióse la boca del hombre, profunda y horrenda como una cueva; sus dientes mordieron en las fauces y encías de la bestia y la levantó zamarreándola espantosamente del morro.

Acudieron para arrancársela. Los labios y la barba del pastor manaban sangre de perro.

Retraído de todos estaba un viejo comiendo mendrugos de hogaza y terrones de nieve goteante. Ni la vocería truhanesca ni el estruendo de la feroz contienda perturbaron la ruda serenidad de su perfil.

Después incorporóse; movió su diestra muy despacio, despidiéndose, y parecía bendecir la cúpula del cielo. Del peñascal fueron saliendo las ovejas, reposadas, dóciles, mirándolo todo; y el aire se pobló de tierna y rústica armonía; y cuando el rebaño se esparció bajando la ladera, esquilas y cencerros resonaron como un enorme y lejano salterio.

Dijéronle a Félix los demás pastores que el prodigio de esa música fue obra y merced que hizo don Guillermo, el de La Olmeda, al buen viejo. Lo protegió mucho viéndole solitario, sin interrumpir el pastoreo con estadas en el villaje, desde que la mujer se le ahorcó, enloquecida porque, una tarde, halló muerto al hijo muy chiquitito que tenían; dos pavas flacas y viejas picaban la lengua y los ojos del cadáver. Cuando don Guillermo iba a La Olmeda, buscaba el malaventurado viudo para socorrerle y andar en su compañía por las montañas. Y le trajo esquilas y campanicas; y horadándolas con arte, las entonó de modo que cuando el ganado caminaba hacía un raro y dulcísimo concento.

¡El temido y amado aspecto de su padrino llegaba hasta las cumbres!

... Apartóse otro rebaño. Después salieron otros buscando los rediles. Quedaron solos Félix y su guía. Por encima pasaron croajando los cuervos, lentos, solemnes. Distantes, ya perdidos, aún se oía su clamor, que fue deshaciéndose en la tristeza de la tarde.

Las quebradas y ondulaciones de las sierras se espesaban y ahondaban; parecían sumergirse en las sombras proyectadas por monstruosas alas invisibles. Las cumbres recogían el último sol, que entonces tiene el oro gastado de monedas y de lámparas viejas de templo; era su luz tibia y humilde. La altitud destelló en una alegría de lumbre súbita y roja. Una peña persistió encendida fuertemente. Quedaron apagadas las laderas. En la infinita paz, el más leve crujido de una mata, el zumbar de un insecto, la voz, el cencerro del ganado remoto, rodaba claro y despacio mucho tiempo.

Toda la emoción de la tarde entraba en el alma de Félix tan excelsamente, que creía no necesitar de la rudeza de sus sentidos.

Regresaban. Se sepultaron entre montes. Y al doblar un collado percibieron gritos de desgracia que estremecieron la soledad. Las montañas repitieron el plañido, roncas, angustiosas; lo arrastraban por sus gargantas y barrancos, y sonaban pavorosamente como baladros y quejumbres de las ánimas en pena de las consejas.

Precipitóse el guía por una cañada; Félix corrió hacia un puerto para escrutar otros horizontes: allí sólo estaba la calma del crepúsculo. Volvió. Lejos negreaba la silueta del guía, que gritaba algo en valenciano.

¡Una sierpe había matado a una vieja!

-¿Está ahí la muerta? -voceó Félix con exaltación.

-¡Aquí, en lo hondo; acaba de morderla y ya se hincha que espanta!...

Félix avanzó raudamente. No es que se regocijara: él no quiso la muerte de la vieja; ¡claro!, ni se le había ocurrido; pero, sucedida la desgracia, la acogía con avidez de contemplarla, quizá tan sólo por la grandeza y desolación del paraje.

-¿Cómo esa vieja podía caminar a estas horas por los abismos?

-¿Cuál vieja? -dijo espantado el guía.

-¡La muerta!

-¿Qué muerta? ¡Si no hay ninguna vieja! ¡Es una ovella, una ovella!...

¡Adónde huye nuestra piedad! Le recorría heladamente la sangre. Se lastimaba de la cordera y odiaba la vieja. Se lo confesó: ¡hubiera preferido que la emponzoñada fuese la vieja! Señor: ¿es que duerme siempre en nuestras entrañas una hez abyecta de crueldad? ¿Qué torcedura hizo de las raíces de toda su vida para extraer una gota de lástima, que resbalase y enterneciese su alma, para mover siquiera el retoñar del remordimiento? ¡Y, nada! ¡Estaba seco y árido, como hecho de cal! ¿Qué le importaba ya el compadecerse de la fingida víctima, si era piedad no destilada de su corazón, sino que la exprimía del árbol de la ética, duro y rígido como la encina? Creía que el Bien así logrado era otro quien lo realizaba, distinto de sí mismo.

En la hondonada vieron al pastor solitario, siempre roído por la desventura. Estaba postrado, como una talla cincelada en la peña. La oveja muerta tenía los brazuelos recogidos encima de su cuerpo monstruoso, y la testa, muy fina, muy delgada, prorrumpiendo de la hinchazón, vuelta y alzada por la angustia y en sus abiertos ojos se congelaban dos gotas de la última claridad de la tarde...

Se difundía la noche. Todo el rebaño posábase esparcido entre breñales, resignándose al yermo, lejos de la olorosa tibieza del aprisco. Una esquilita quedó tembloreando en la paz.

-¡Por fin! ¡Bendito sea mi Dios que te ha traído salvo! -y tía Lutgarda acercóse afanosamente a Félix mirándole, mirándole-. ¿Qué tienes para venir tan mustio, tan amarillo? ¡Yo no sé qué te veo!

-¡Dulcísimo! Y ¿cómo ha de estar sino rendido?

Félix miró a la criada. Estaban sus ropas lisas; sus senos, rotundos; meneaba la cabeza. La odió.

La señora, viendo que Félix se alejaba, le dijo:

-Si subes, avisa a Silvio que le aguardamos para el Rosario.

Sabía Félix que esas palabras le llevaban a él la súplica de que rezase. Y volvióse y repuso esquivamente:

-¡Yo no puedo rezar!

Tía Lutgarda suspiró. Teresa y toda la familia labradora también suspiraron.

Félix salió a la ventana de su cuarto. La noche lo recibió blandamente. Olía a árboles y huertos regados. Sonaba el latidito fino, de plata, de los grillos, el cántico de los sapos de los aguazales, dulce y claro, como campanillas; y en lo hondo del paisaje, se arrastraba el bauvear de un perro.

Sintió Félix que entraba borbotando en su sangre el perdido caudal de lástima y amores generosos. Un contento suavísimo y bueno le regalaba el corazón. Y lo amó todo. Teresa decía verdad: él estaba rendido siempre que ella lo decía; tía Lutgarda y Silvio, ¡cuán humildes! ¡Qué admirable firmeza de dama en doña Constanza! ¡Oh la viejecita y la cordera mordidas por la sierpe! ¿Y él había anhelado la muerte de la pobre mujer? En seguida se contradijo. ¡Si no hubo vieja muerta ni viva por aquellos abismos! Pero Félix, vieja veía extraviada en la montaña, retorciéndose hinchada.

Difundíase un rumor de oraciones.

¿Por qué no había él de bajar y rezar todo cuando le pluguiese? ¡Hagamos felicidad en las almas; no desperdiciemos la ternura y la fe de estos momentos tan sencillos!

Y bajó saltando; y los viejos peldaños de carrasca retumbaron por todo el grande ámbito del vestíbulo.

Doña Lutgarda, Silvio, Teresa, los labriegos, salieron presurosos y espantados.

-¡No temáis! ¡Es que también quiero yo rezar con vosotros! -gritó Félix alborozadamente.

Volvieron a la sala de las andas. Tía Lutgarda alzó sus conmovidos ojos al Señor de la Cruz.

-¡Oh mi Dios!... -y luego, con dulce vocecita, dijo-: ¡Félix, hijo mío; que te oigamos todos! -y prosiguió-: "... Torre de David, Torre de marfil, Casa de oro, Arca de la Fe...".

Y los demás contestaban:

-¡Ruega por nosotros! ¡Ruega por nosotros!

Y este susurro parecía subir a las vigas como un sahumerio.

Félix se imaginaba arrullado por una enorme cigarra.

Acabada la letanía, rezaron una Salve al Sagrado Corazón de María.

Félix empezó a ver figuradamente toda la plegaria. Escuchaba sollozos de hombres y mujeres; sobresalía el gemir de los niños infortunados. Era un valle angosto, pero sin confines, poblado por la Humanidad que lloraba. Toda estaba llorando. Envuelta en el manto infinito del cielo, asomaba la Virgen su pálida cabeza, y volvía a nosotros sus ojos, dulces y tristes, y miraba todo el paisaje inundado, hondo y oscuro. Félix se resbalaba, se caía por una vereda de la falda del monte; se sumergía en las aguas de lágrimas. Una mano le contuvo. ¡Oh milagro de Nuestra Señora!

Y vio que era la gordezuela mano de la criada. ¡Es que se estaba cayendo de la butaca!

-¡Cene, cene y acuéstese, pues está rendido!

-¡Mentira! -gritó Félix iracundo.

-¡Qué lástima! ¡Qué lástima! -y tía Lutgarda miró desoladamente al Señor de la Cruz.

Despertóse Félix; abrió las ventanas, y se acostó de nuevo teniendo delante la magnificencia del día. Sobre el azul viajaba una nube como una montaña de espumas. Y Félix sintió que se llenaba de su blancura gloriosa, que se sumía en ella deslizándose. El cansancio de sus jornadas por la "Cumbrera" le emblandecía y ahondaba en una pereza mezclada de dolor y delicia. Notaba muy delgadamente los rumores, la quietud, la color, la sensación de todo cuanto le cercaba y veía; y su cuerpo estaba tan sutilizado, tan leve, que perdía el sentirse a sí mismo, pareciéndole hecho de lo demás, de silencio, de claridad y grandeza de la mañana.

Tía Lutgarda le había traído un tazón de leche y quedóse mucho rato acompañándole, mirándole, sin hablar. Le separó los cabellos de la frente. Y los dedos de la señora fueron tan suavísimos, que Félix volvió a dormirse.

Ya muy tarde, después que doña Lutgarda terminara sus rezos y el reloj de pesas de una alta estancia, cerrada siempre, diera las doce, tornó a subir y pasar inquieta y tímida al dormitorio del sobrino.

Tranquilizóse viendo que fumaba, aunque acostado todavía.

-¿No quieres comer conmigo, Félix? No vino Silvio, y estoy sola. Y, dime: ¿qué tenéis, que apenas os veo juntos? Y, sin embargo, él siempre está aquí; otros veranos prefirió la heredad de tío Eduardo. Ahora no deja de venir un día y lo hace muy extrañamente; llega tarde a las comidas; habla poco, y de nada se ocupa.

Félix lastimóse de las fáciles inquietudes de tía Lutgarda. Quiso aliviarla; y dijo que se levantaría. Ella retiróse, volviendo honestamente los ojos para no ver los desnudos hombros del joven.

... Comieron muy callados; y aún se hallaban a la mesa cuando un labriego entregó una carta a la señora. Era de Isabel, pidiéndole que pasase con ellos el siguiente domingo, que celebraba el padre su cumpleaños.

Luego de la firma, decía: "No he nombrado a Félix porque tengo miedo de que ni siquiera me recuerde. Tía Lutgarda: ¿por qué Félix no nos quiere¿"

-¿Que yo no los quiero? ¿Que yo no quiero a Isabel? -gritaba Félix aborreciendo una íntima voz que le acusaba de haberla olvidado.

Y la casta y gentil figura de la doncella pasó remontada sobre su alma, y sintió la aromosa frescura de su vuelo, lo mismo que una paloma al cruzar encima de nuestra frente parece que deja en el azul una inefable estela de idealidad y pureza.

-¡Hijo! ¿qué haces, qué quieres?

-Marcharme. Me voy a la masía del tío Eduardo.

-¿Ahora?

-He de ir en seguida; lo necesito.

Teresa, que pasaba entonces, se detuvo pasmada de la vertiginosa salida de Félix.

-¡Dulcísimo! Pues ¿qué sucede, señora? ¡Mire que hay vegadas que yo lo tomo por un aparecido! ¿Qué tendrá?

Volvióse a doña Lutgarda.

La pobre señora estaba llorando.

-¿Verdad que siente mucha compasión? -y se restregaba los párpados buscando sus lágrimas.

La señora suspiró desde los profundos de sus entrañas. ¡Sí; apiadábase grandemente del extraviado sobrino, pero más se adolecía de aquel hogar de Almina, siempre en sufrimiento; y también mucho de Belita!

-¿De Belita, dice la señora? ¿Pues qué mal tiene mi reina?

-¡Miedo tengo que sea mal de amor!

-¡De amor por don Félix!

Enmudecieron estas sencillas mujeres; y sus ojos lumbreaban atravesando, desde la ancha reja, el dilatado muro de los olmos que ocultaba El Retiro.

-Y a esa diabla, ¿por qué se la consiente que esté ahí escondida?

-¡Nada podemos! Pidamos nosotras a la Providencia... Recuerda lo que mi don Pedro decía: "¡El Señor es el que anda a tu derecha mano para defenderte!"

-¡Es verdad que así hablaba!

-... "Y trajo a su pueblo con el cuidado que traería un padre a su hijo chiquito". "Lo llevó sobre sus alas, como hace el águila con sus polluelos...". Ya ves que si eso hizo por tanta gente, ¿no lo hará por una sola criatura?

-¡Señora, ya no hay temor, ya no hay temor! -y holgábase mucho la dueña Teresa pensando que encima de la divina águila podría ir caballero muy ricamente don Félix, y aun ella, que quizá se distraía con el roblizo hijo de Alonso.

Pero doña Lutgarda, que pronunciara las consoladoras citas, acuitóse después más porque se dijo: "Una sola criatura era Guillermo; y... ¡ay, Dios mío!, ¿no permitiste que se perdiese¿"

... Alonso y su hijo, que estaban avenando el riego de una almáciga, se maravillaron de ver a Félix saltar locamente por las hazas sin cuidarse de veredas ni lindes, hasta perderse en un recuesto, bajo la fronda.

Los olmos parecían hervir y estremecerse de la intensa estridulación de las cigarras. Y Félix iba dejando un camino de silencio en los árboles.

No siguió mucho. Había recibido un gustoso, escondido y súbito mandamiento de volverse y acercarse a Alonso, que se había alzado de las regueras para saludarle, y él pasó sin mirarle.

Decíase que, en esta mañana, lo que no fuese venturosa ternura degeneraba en crueldad. Es que sentíase atraído y embebido por todo, como si todo estuviese sediento y fuese él gota de lluvia.

Y regresó.

-¿Qué le pasa, señor don Félix, que le veo tan pajizo y flaco? -le gritó el manijero.

Su hijo cargaba de mazorcas los serones de su jumento, que roznaba una caña de panizo arrancada vorazmente. La piel de las ancas y del cuello del animal se estiraba temblorosa para librarse de los tábanos.

Félix se los oxeó con su cayada.

Vino Alonso, y, ladeando su manaza, rápidamente cogió un vivo, que aleteó zumbando entre sus uñas.

-Yo todos los mato así -dijo riéndose; y arrancóle las patas, y el lisiado tábano voló, refugiándose en un plantel de coles.

-¡Está vivo aún! -murmuró Félix. -Vivo, vivo está; pero como no tiene patas y no tiene para agarrarse, si va a un árbol o quiere chupar de alguna bestia, pues se resbala y se cae, y así va muriéndose despacio, despacio...

Félix apartóse de este hombre sin cumplir el cristiano propósito que le trajo a su lado.

Sin proponérselo, y hasta sin desearlo, buscó la senda que ceñía los altos bancales de la residencia de Beatriz. No entraría, que nada más saliera por Isabel, y ardía su corazón en las dulces llamas de la piedad de hermano.

Las azules ventanas estaban cerradas. Toda la quinta reposaba.

Pero de pronto se detuvo y se retorció su vida como una zarza ardiente.

A la sombra de la terraza, Julia y Silvio estaban hablando como enamorados. Ella, tenía inclinada afligidamente la cabeza. Cuando vio a Félix quiso retraerse. Y Félix se esforzó por llamarlos con familiar alegría, y su palabra sonó seca y rota.

-Te esperábamos para comer, Silvio.

-Pues ya miras la razón de mi tardanza; de la de hoy y de siempre. ¿Te ocurre algo?

La risa y la voz de Silvio crujían y golpeaban como la honda y la piedra.

Félix bajó a las verdes márgenes del río, y luego salió de la angostura. Pero la mañana del valle ancho y pomposo no le admitió en su inmenso brazo de luz y de paz...

Las hormigas que recorrían los troncos de los frutales, los pájaros que saltaban de las cepas y rastrojeras, los insectos que pasaban ruidosos, enloquecidos, con los palpos llenos de miel, y hasta las hierbecitas recién nacidas en una miga de tierra, todo lo veía participar gozosamente de la serenidad y hermosura de la mañana... Y él, en medio del paisaje, sentíase interiormente dormido y seco.

Junto a un ribazo halló dos rapaces hermanitos que se estaban escupiendo, peleándose por una vara de regaliz.

Los sosegó; les repartió la mata. Los chicos se quedaron mirándole, burlones y medrosos. Después volvieron a escupirse.

Félix internóse en la llanura.

Otra ancha nube peregrina, baja y blanquísima, como la que viera antes acostado, se deslizaba sobre la heredad de Isabel, y la dejaba apagada entre tierras fastuosas de sol.

Pensó Félix que con alas de ángel aún podría ofrecer a su prima los últimos resplandores del llamear que, al salir, envolvía toda su alma... ¡Con pobre pies de hombre, la tardanza fatiga y entibia! Es que Félix caminaba demasiado despacio, y acaso el corazón es el que prende las alas, y no es vuelo lo que produce y mantiene el íntimo ardimiento.

Le gritaban; volvióse y vio a Silvio; y ése sí que se le acercaba como una ave feroz que apeona.

-Te busco para hablar contigo -le dijo entrecortadamente-. ¿Me das tiempo, o lo necesitas para tus galanteos con la que tengas de turno? ¿Isabel o la de Giner?

Hablaba Silvio riéndose, fingiendo tosecilla y sin mirar a su primo. La negrura de sus pupilas se hizo tan densa, que semejaron tiznadas.

Félix sintió un desconsuelo infinito; y todas sus entrañas se anegaron en hieles.

-¡Qué dices de turno, de Isabel, de la de Giner! ¿En qué vilezas nos hundes?

-¡Pobrete! ¡Te he injuriado!, ¿verdad? ¡Los señoritos de pueblo somos muy rudos! Debo de haberte parecido ridículo al lado de Julia. Pues quiero decirte que yo, tan mastuerzo como me ves, soy más digno que tú. ¿Lo oyes? ¡Mucho más que tú! ¡Y que me casaré con Julia!... ¿Lo sabes? Y no quiero, ¡es que no quiero que ella padezca no llore más por lo que ve en su madre por culpa tuya! ¡Y yo!...

No pudo seguir; se ahogaba de furia y de saliva.

-¿Julia sufre, Julia ha llorado por mí?

-¡No, don Juan, no tanto! Por ti, no; por su madre...

-¿No, don Juan, no tanto? Pero ¡qué dices, qué supones, bárbaro! ¡Si no son ellas para mí, sino yo para ellas; soy yo el que ama, el que se lastima!... ¡Oh, por Dios, que no se case contigo la pobre Julia!

Tembló Silvio de desprecio, de rabia bestial, que le desfiguró todo, y recrujieron sus brazos y sus mandíbulas.

Cuando Félix quiso mirarle, lo vio lejos, inmóvil. Sus puños se alzaron terribles.

-¡No habrá más escándalo donde sabes; no irás! ¡Y esto nadie ha de saberlo!

Y le volvió la espalda.

Félix se fue apartando. Sus labios sonreían doblándose con amargura, y su ánima sollozó. ¡Ideales y ansias se manifestaban en escándalo y truhanería! Trágica, patricia y llena de misterio había sido la ruta de Guillermo. La suya sólo dejaba tristezas y desconfianza plebeyas.

Alzó la mirada y hallóse junto a las bardas de la masía de Giner.

Entre macizos de dondiegos y geranios, la esposa paseaba la pompa estéril y triste de su hermosura. El marido cuidaba tórtolas y gallinas dentro de un grande y rudo alcahaz de alambres erizados.

Ella vio al intruso y pretendió evitarle y huir. Entonces Félix apiadóse de la mujer y de sí mismo, y acercóse más, llamándola para pedirle que no lo esquivase creyéndole, como el pobre Silvio, aventurero y salteador de amores, llamándola para decirle que él la quería, no por hermosa, sino por criatura desventurada.

Giner lo descubrió a través de las rejas del gallinero; atropellóse por salir para guardar a su mujer, y tropezó en una vieja colodra del averío y cayó entre aleteos y estrépito de maderas, despedazando varales, aplastando un ganso que estaba lisiado y hundiendo la cabeza en el mantillo, bajo tiestos, plumajes y masa de salvado.

Su esposa y Félix se precipitaron para socorrerle.

Los ojillos de Giner, torcidos de enfurecimiento, se hincaron en los del romántico, y sus manos y piernas se agitaban brutalmente para rechazarlo.

Félix lo perdonaba, y se inclinó hablándole con dulzura de hermano bueno. Y alentábale la esposa, que lo veía redimido de toda mácula y sospecha de rufián.

El peso y la violencia del caído lo derribaron. Félix dio un grito inmenso y angustioso.

-¡Koeveld!

Una zarpa de fuego torcía su corazón; un puñal de dolor le desgarraba desde el hombro hasta el codo izquierdo, y la boca de un oso le mordió apretadamente en la garganta... Se ahogaba.

Quedó tendido bajo las rodillas de Giner. Estaba muy blando, siniestro, con livores en la nariz y en los labios. El sudor y el estiércol le pegaban los dorados cabellos a las sienes.

El Señor había escuchado las plegarias de tía Lutgarda. Y cuando don Lázaro, su esposa y doña Dulce Nombre llegaban a los portales de la casa, Félix pudo asomarse a lo último de la ancha escalera para recibirlos.

Quisieron que en seguida se acostase el enfermo, creyendo que sólo por mitigarles su ansiedad había salido. Pero Félix les pidió tanto que le dejasen asistir a la comida, que se lo consintieron. Es cierto que el día era de los más limpios y templados del otoño, y que un médico de Almudeles, hombre rico y viejo y antiguo amigo de la casa, que vino y alojaba en La Olmeda desde la tarde del mal de Félix, les dijo que éste podía quedar levantado, pero que nada más tomase leche de oveja.

Las hondas y humeantes fuentes que sacaba Teresa las devolvía colmadas a la cocina, pues los señores apenas las cataban. Sólo el doctor engullía de todos los guisos y loaba con entusiasmo sus primores. En cambio, todos hablaban mucho y nerviosamente. Don Lázaro comentó la ausencia de don Eduardo y Silvio.

-No viéndolos en Almudeles, esperaba que de la heredad hubiesen acudido aquí para recibirnos.

Dijo doña Lutgarda que Isabel y su padre estuvieron en la pasada tarde para enterarse del accidente de Félix y traerles el telegrama de la llegada de ellos.

Después don Lázaro le pidió al médico que cuando reposasen el café le acompañara por las cercanías, cuyos árboles eran claros capítulos de su vida de antaño.

El hijo le sonrió, diciendo:

-Si lo que buscas es saber de mi enfermedad, yo, delante del médico, te digo que ya estoy bien. Si brusca fue la acometida de la muerte, rápida ha venido la salud. Yo sentí que una mano toda hecha de angustia me apretaba el corazón y me abría este hombro y este brazo, y luego subió a la garganta para estrangularme. En seguida me desvanecí. Ahora nada más siento mucha fatiga; pero mañana he de ser yo quien salga contigo por estos campos.

Su voz lenta, postrada, y el mirar apagado de sus ojos les ofrecía el lacerador recuerdo de aquel Félix encanecido de alegría.

Levantóse el enfermo. Le afligía que le contemplasen tan emocionadamente. Sus padres, tía Dulce Nombre y tía Lutgarda le miraban como a los muertos, y él se vio muerto, lo mismo que imaginaba a los demás muchas veces: muy largo, las manos plegadas y duras encima del vientre; una venda le bajaba por las mejillas para cerrarle la boca, y a través de los párpados se le adivinaban las pupilas fijas, elevadas, blandas y ciegas, ciegas.

Tía Lutgarda alzóse también para llevarle a la sala del Cristo de la Cruz.

-¡No; allí, no! Quédate, que quiero acostarme vestido, en mi cuarto.

Se volvieron al médico, y les indicó que lo dejasen. Entonces don Lázaro quiso que le contase todo lo de Félix.

La mirada de doña Lutgarda perdióse en el sereno azul, que parecía pasar por las ventanas. Y, suspirando, dijo la señora:

-La primera palabra que Félix pronunció cuando lo trajeron, después del desmayo, fue el nombre de Guillermo.

Tía Dulce Nombre se conmovió de miedo y de congoja.

-¿El de Guillermo? ¡Válgame el Buen Ángel! ¡Pensad que ella está cerca!

-¡Calla, Dulce Nombre! -le mandó Lázaro.

La señora prosiguió:

-Me vio Félix, y, oprimiéndome las manos, dijo: "¡Como Guillermo! ¡Me mataban como a mi padrino! ¡Qué garra de dolor en el costado, y en el cuello, la mordedura del oso!... ¿No decís que soy lo mismo que él? ¡Pues lo mismo muero!" ¡Estaba rendido! Después que sosegó, rióse mucho. Yo me asusté de su risa, y me llamó: "¡Ya vivo, tía Lutgarda, sin antojos, sin nieblas en el entendimiento! Nadie me mataba, ni Koeveld me mordió; fue sólo un síncope lo que tuve. La única víctima ha sido una pobre oca, que quedó aplastada debajo de Giner, el gigante amarillo, enfermo y celoso". En seguida me preguntó por Silvio. Y ya no me lo ha mentado más.

Todos la escuchaban con grande ansiedad.

En el silencio se oía el latir de sus corazones. La oración estremeció levemente las marchitas bocas de las tres mujeres.

Don Lázaro y el médico salieron.

Al abrigo de los almiares se amontonaba la hojarasca de los olmos.

-¡Háblame de mi hijo!

Humedecióse la mirada del viejo doctor, todavía enrojecida por la copiosa comida, y exclamó exaltado:

-¿Te acuerdas de mi casa, Lázaro? ¿Te acuerdas de mi mesa? ¡Era una eterna Navidad! Seis hijos tuve; los seis murieron; después, la madre. Y mi fortaleza, mi salud, creciendo, creciendo en medio de la muerte, creciendo aun en mi soledad...

-Pero ¿y Félix? ¿Lo ves amenazado? ¿Morirá?

La voz del amigo se apagó un instante. Dos hojas de oro crujieron deshaciéndose bajo sus recios zapatos.

-El mal de tu hijo es el terrible angor pectoris. Todos los síntomas los ha dicho antes él mismo con una llaneza que daba frío de espanto: la mano de angustia en el pecho; el dolor que le desgarraba hondamente la carne, desde el hombro hasta el codo izquierdo; apretamiento del cuello; un aura, una impresión intuitiva de la muerte; el término del acceso tan repentino, tan brusco como su aparición. Ahí tienes trazada una angina de pecho, leve, porque..., porque no ha matado. Pero ni yo ni nadie puede predecir cuándo aparecerá la grave, o si no vendrá nunca. Tu hijo es cardíaco. Yo he querido saber si en este retiro ha padecido alguna emoción violenta, y nada me ha dicho. Le pregunté también si hizo excursiones a la montaña de mucha fatiga; me contestó que había subido a la "Cumbrera". Quizá entre todos llegaríamos al origen y causa del mal. Ahora no hablemos; deja esto. Cuando Félix se fortalezca, llévatelo a Almina. No te apures, y espera. Veo la muerte de mis seis hijos y de mi mujer. ¡Son siete muertos, Lázaro! Se me retuercen las entrañas, lloro, y..., sin embargo, ¡querrás creer que comería de nuevo! ¿No tengo motivo para aborrecerme y despreciarme?

Un sarmiento del rosal subía su única rosa, grande y pálida, hasta la ventana.

Félix contemplaba la tarde, que se iba durmiendo bajo las nieblas del río. Lejos, las aguas tenían el rojo centelleo de una nube ensangrentada del ocaso. Tan distante, breve y aciago como ese último alborozo del día vio resplandecer pasiones y júbilos de la apagada corriente de su vida; y aquellas lumbres bañaban una figura que estuvo cerca de su corazón, y de la que no supo recoger su esencia; era como la pobre flor del viejo rosal. Y Félix tomó la rama, la dobló suavemente y puso un beso inmenso en lo más escondido de la rosa. ¡Por qué no había querido a Isabel!

Los nombres de otras dos mujeres golpearon en su alma. El de Beatriz le llenaba de la gratitud de sus delicias y de remordimientos de sus tristezas. El recuerdo de Julia le hizo sentir vergüenza de sus celos. ¿A quién había querido?

¡Oh pobre vida suya! ¿Era trasunto de las inquietudes y concupiscencias del apocamiento, de la fatalidad y misticismo de toda una raza que generó en lo pasado todos los motivos de sus ansiedades, de sus andanzas sentimentales y hasta de sus gustos y actos más humildes? ¿Es que verdaderamente llevaba la pesadumbre de una espiritual herencia de aquel hombre que pudo manumitirse de las ataduras de timideces y recelos y se abrasó en el pecado?

Félix postróse en la butaca y sonrió. Había florecido dentro de su alma ese aromo que pincha y deja perfume de resignación, y se llama Ironía.

¡Oh pobre padrino, deshecho en un osario desconocido y remoto, y desenterrado por las gentes para hacerlo imagen y pretexto de las exaltaciones de su mocedad enfermiza, y sostén de terrores y augurios, y guía y camino de perdición! ¡Válgame el Buen Ángel!

¡Solo y señero de su ánima hallábase Félix; los nidos de quimera quedaban vacíos de los engañosos pájaros de antaño; y ya no tenía calor para llenarlos de águilas ideálicas y suyas!...

¡Rastro y apagamiento de desgracia fue dejando en todos los corazones, y el suyo, ardiente y luminoso, sentíalo también frío y oscuro!

Le besaban en los cabellos y suspiraban encima de sus sienes. El nombre y sensación de Beatriz se le difundieron dulcemente.

Era su madre, humilde, callada y entristecida. Sentóse a su lado, y sus nobles manos de marfil descansaron, cruzadas, en las rodillas. Tenía los ojos húmedos de amor y piedad por el hijo fatalmente extraviado y siempre menesteroso de su regazo. Penetró la noche en el aposento. Félix se angustiaba. Creía que le tocaban unos dedos flacos y helados.

La madre llamó, y vinieron todos para bajarlo a la sala del Señor de la Cruz; pero él les pidió sonriendo que lo acostasen.

La madre y tía Dulce Nombre quedaron junto a las almohadas, contemplándole y mirándose. Un fanal azul mitigaba la lucecita de aceite.

La infinita paz quedó rota y llena de cánticos y de ladridos, y en lo profundo de este bullicio se oía el golpear de un viejo tambor. Los faroles-ciriales cruzaban por las eras; vislumbraba el estandarte de la Cofradía de Posuna, y la voz y la risa del mosén Leonardo resonaron incansablemente.

Salió don Lázaro para recibir la santa emoción del pasado. Seguíale el médico comiendo ciruelas confitadas. Y a poco asomóse doña Dulce Nombre.

Pasó el párroco riéndose y mirándose el hábito manchado de cazcarrias.

-Disimulen que así me presente -y les enseñaba las manos, también encortezadas de blando cieno-. ¡Me caí por un azarbe!... ¡Cuánto se holgaron estos mozos! Recójanme de esta faltriquera una carta de don Eduardo, que yo no puedo, para no enfangarla. ¡Son malas nuevas!

Teresa sacó el papel y doña Lutgarda la abrió y leyó muy despacio.

La vieron afligirse y elevar los ojos a la Cruz.

¿Qué tenía, qué tenía la señora?

-¡Malas noticias, ya lo sé! ¡Doña Constanza está para que le cueste!...

-¡Qué pena tan grande! -murmuró doña Lutgarda-. ¡Qué pena! ¡Y qué vergüenza! Silvio se ha escapado con la hija de la forastera de El Retiro.

-¡Ay Buen Ángel!

-¡Dulcísimo!

Don Lázaro levantó los brazos, y sólo pudo gritar:

-¡!Raza de víboras!!

Y el médico deslizó en el oído del clérigo:

-¡Oh, si mis hijos pudiesen marcharse con doncellas y hasta con viudas placenteras!

Horrorizóse mosén Leonardo. Y de súbito trazó su vientre un oleaje de grasa, onduló su tórax hasta la garganta, apretóse las ijadas, se inflamaron sus carrillos, salió huyendo y disparó su risa en el amplio vestíbulo.

Se produjo una inmensa alarida de júbilo.

-¡Perdón, perdón! -balbució el párroco, volviendo a la sala-. ¡Perdón, y vengan, que es curioso!... ¡Si don Félix lo viese, qué pendencia habría!...

Todos salieron. La madre del enfermo bajaba inquieta de tan recio alboroto, pidiendo que callasen porque el hijo descansaba.

Los campesinos y los aldeanos rodeaban a Alonso, que había cogido un murciélago vivo y quería quemarle las alas para verlo morir chillando blasfemias.

-¡Mirad que es obra del demonio, o quizá el animalito es el demonio mismo! -les advirtió, amedrentada, doña Dulce Nombre.

¡El Enemigo, el Enemigo es! -gritaron los labriegos muy gozosos.

El hijo de Alonso trajo con las tenazas un ascua de leña.

Las señoras se pusieron las manos en los oídos para no percibir las malas palabras de la víctima.

Y el murciélago se dobló retorciéndose: sus alas crepitaron blandas y humeantes como dos telitas de goma, y todo el vello de la cabeza quedó prendido de chispas.

Nada más chilló de dolor. Y las mujeres se tranquilizaron.

Cuando subieron estaba Félix recostado, desnudo, sobre los almohadones. Una de sus manos se hundía en las sábanas, y la diestra se crispaba encima del pecho. La luz sacaba una sombra de garra enorme y negra.

-¡La mano de angustia que dice! -murmuró tía Lutgarda.

El padre la tomó para quitársela, y estaba sudada, muy fría, casi rígida...

Félix había muerto.

La madre Giner y los hijos llegaron a la heredad del valle de Posuna cuando la abundancia doblaba el ramaje de los cerezos y trenzaba y rendía los panes.

La bendición del Señor, que bajaba a las tierras de don Eduardo, solía beneficiar también los campos de toda la llanada.

Pero ese año la divina merced era copiosísima.

Amos y labradores se hallaban en el portal conversando de cosechas. Estaba tan contento Giner, que se reía sin saberlo, descubriendo su lengua temblorosa y su dentadura amarillenta y afilada.

Mirábale la esposa beatíficamente; y su carne, que de la opulencia había pasado a la crasitud, se le desbordaba movediza por todo el ancho asiento.

La madre volvióse a los criados y, señalando con su rollizo índice hacia el matrimonio, les dijo:

-¡Yo no encuentro más felicidad!

Una labriega viejecita le repuso:

-¡No les falta sino un crío!

-¡Cállese de críos!

-¿Y no piensa que sí que lo querrán ellos?

-¡No lo permita Dios! -exclamó la nuera. Y siguió mirando al señor Giner, que ya dormitaba.

¡Ay, no; no apetecía más felicidad! Y este verano, ella y su esposo respiraban libres de sustos. Pudiendo pasear hasta por la misma Olmeda, residencia de monjitas desde la muerte de doña Lutgarda! Aquel pobre sobrino de la señora, ¡cuántas rarezas hizo, y qué empeño, Señor, en decirla y creerla desdichada! Y con mucha ternura quitóle al marido las moscas que le chupaban en los lagrimales. Luego habló de Félix con la madre Giner, que de todo hizo glosa y resumen, murmurando:

-¡Al cabo, por recuerdo de él nos mercaron El Retiro en trescientos cuarenta y dos mil reales, y había costado doscientas veinticinco onzas a carta de gracia!

-¿De veras?

-¡Justo!

-Mire allí. ¿No son las que cruzan por el olivar, todas de negro?

-¡Pobrete inglés, y qué luto te llevan! ¡A buen seguro que la viuda más se lo pone por el otro!

-¿Y es posible?

-¡Pues claro!... Y este año, que no haya amistad con la Julia, como la hubo antes. Ya sabes su afrenta. No conviene pasar del saludo.

-¡Jesús, mil veces no!

Ni el saludo apetecerían las enlutadas según se cuidaron de apartarse de la heredad. Y ni siquiera se volvieron a mirarla.

Caminaban por un arenoso sendero de la ribera; y sus sombrillas y sus rubias cabezas se copiaban dentro del sosegado río.

La palidez, la negrura de las ropas y hasta el silencio de las damas, imprimían en su belleza un sello espiritual de meditación y de infortunio.

... Doña Beatriz había dejado la ciudad desde el fallecimiento de Lambeth, que expiró en los brazos de su copero. La viuda puso en la casa y en sus jardines, llenos para sus ojos de la figura de Félix, honradísimos custodios, y ella misma también atendía amorosamente esos lugares, haciendo rápidos viajes a Almina.

Elegido El Retiro para su perpetua residencia, lo compró, lo amplió, lo ennobleció; y la huerta de Giner transformóse en espejo de la elegancia y melancolía de doña Beatriz, cuya largueza y dulzura le abrieron la voluntad de las monjas carmelitas, dueñas del antiguo solar de los Valdivias.

El blanco álamo, estrado de su perdido amor, era por la tarde su predilecto asilo y locutorio de sus recuerdos.

Y allí, donde la mirada de Julia los sorprendió y les hizo descender de la excelsitud al reconocimiento de la culpa, allí recibió otra mirada de la hija, llena de lágrimas. Y recogió todo su cuerpo, lo puso sobre sus rodillas y le descansó la atribulada cabecita en su seno, besándola delirantemente.

Julia venía repudiada de Silvio. Se habían casado en Valencia, sin el perdón de doña Constanza; pero don Eduardo y Beatriz los protegieron para que fundasen hogar.

Silvio era un marido torvo, erizado de sospechas, inquisidor meticuloso de las palabras, de los pensamientos y hasta del cuerpo de la esposa.

Julia lloró mucho la muerte de Félix, que el buen don Eduardo les comunicó después de dos meses. Silvio llegó a prohibirle enfurecidamente esas lágrimas. Cuando, algunas veces, pronunciaba la esposa el nombre del muerto, Silvio sentía que le mordían en los profundos del corazón, y siempre dedicaba un comentario soez a las románticas aventuras de su primo.

—¿Qué te parece si resucitase o te saliese algún Félix por estas calles?

Una mañana vino carta de doña Beatriz, y en ella lo nombraba, dándoles noticias emocionadoras de lo postrero de su vida.

El marido espió la lectura. ¡Oh, Julia leía con más detenimiento y complacencia que nunca!

Y su boca hirvió en maldiciones para Félix y en palabras de oprobio para doña Beatriz.

La hija revolvióse, defendiéndolos. Y el celoso rugió, riéndose y salivando.

—¡Eres de la misma sangre y harás lo mismo que ella, si no lo has hecho ya con otro más o menos Félix!

—¡Yo!...

Y Julia se contuvo, porque la queja y la protesta inflamaban a la madre.

Después, recuperada, altiva y serena, le dijo:

—¡Quiero ser como ella, nobilísima como ella, que, pecadora o no, nunca se ha envilecido!

... Beatriz besó las lágrimas de su hija y abatió su frente, enrojecida por el recuerdo de la mañana en que, enajenada de celos, había codiciado esas bodas.

Se asomaron al santo cercado. Después la madre siguió sola sobre el fresco y blando herbazal, penetrado de sol, que se esparcía como un riego de luz quietecita, remansada dentro de las amapolas.

El ramaje de los cerezos ocultaba a doña Beatriz, techándola dulcemente.

En la umbría de un rincón vio una losa tendida, grande, afelpada de hierba.

Una mano había esculpido, segando briznas de verdura, las letras del nombre de Félix.

Doña Beatriz besó esa palabra.

Temblaba un gorjeo de los pájaros, que acudían a la querencia de estos árboles y de estos muros, envueltos siempre en la quietud de todos los silencios.

Pendía una rama cuajada de las primeras cerezas. Alzóse la señora y las entibió con el fragante aliento de toda su vida; y después ella tomó del olor y dulzura del árbol. ¡Pero no desfallecía de la emoción ansiada! Sólo era fruta, con el mismo sabor que antes de morir Félix.

Crujió otra rama, doblándose bajo otras manos. Y apareció Isabel.

Y vio Beatriz que los ojos de la doncella lloraban y que sus labios sonreían celestialmente.

Isabel nunca había comido de esos árboles; y ahora sorbía y comulgaba la esencia del amado con las cerezas del cementerio.

Alicante, 1909.